残り一日で破滅フラグ全部へし折ります
～ざまぁＲＴＡ《リアルタイムアタック》記録24Ｈｒ．～

Charater
主な登場人物
ジェラール
タラコネンシス王国の
第三王子。
将来の義姉である
アレクサンドラを
慕っている。
アレクサンドラ
タラコネンシス王国の公爵家の令嬢。
王太子と婚約しているが、
あまりうまくいっていない。
通っている学園で開かれる
パーティーの前日、
前世の記憶を取り戻した。

ルシア
平民育ちの男爵令嬢。アレクサンドラには芋女と呼ばれている。
アルフォンソ
タラコネンシス王国の王太子。アレクサンドラの婚約者。
ビビアナ
アレクサンドラの妹。姉を嫌っている。
イシドロ
アレクサンドラが懇意にしている大商人。裏社会にも顔が利く。
セナイダ
アレクサンドラの侍女。アレクサンドラの世話を長年任されていた。

□当日十七時

「アレクサンドラ！　度重なるお前の悪意には、もう愛想が尽きた！　王太子アルフォンソの名において、お前との婚約は破棄する！」

そう仰《おっしゃ》っていますのは、私の婚約者であらせられるタラコネンシス王国の第一王子アルフォンソ様。十人女性がいれば八人、いいえ九人が見惚《みと》れるほど端整な顔は、今、眉間《みけん》にしわが寄っている。彼は鋭い眼差《まなざ》しで私を睨《にら》みつけていた。

「アレクサンドラ様……どうか罪をお認めになってください。今なら慈悲深《じひぶか》いアルフォンソ様は笑って許してくださいます……！」

そんなことを言いながら、アルフォンソ様に愛《いと》おしそうに抱かれているのは、私が芋女《いもおんな》と呼んでいるルシア男爵令嬢だ。

彼女の容姿は子供らしいあどけなさと可愛さ、そして大人らしい美しさが絶妙に入り混じっていて、その笑顔は憎らしいくらいに見る者を惹《ひ》きつける。

王太子と彼女の周りには、ルシアを慕《した》う方々がずらりと並んでいた。王太子ほどではないものの、いずれも殿方からは尊敬され、女性陣からは慕《した》われる方ばかりだ。顔立ちも整っているため、普段なら目の保養になるのかもしれないが、彼らは今、私を糾弾し怒りを露《あら》わにしている。

で、当の糾弾されている私はというと、内心で嘲笑《あざわら》っていた。

勝ち誇ったかのように威張るアルフォンソ様と彼の胸に隠れてほくそ笑んでいる芋女《いもおんな》には悪いけれど。

おあいにく様、私は彼らを返り討ちにする手を打ち終えている。

全ては丸一日前に始まった……いえ、引っくり返ったのだからね。

□前日十七時

――悲報、私終了のお知らせ。婚約破棄と断罪の破滅コンボ成立まで、あと一日しかない件について。

「どうしよう、詰《つ》んだ……」

私は絶望で頭を抱え、テーブルに突っ伏した。

いや、そもそも頭の中が混乱して吐き気がするし、気分最悪。

寝室には誰もいないため、公爵令嬢であるこの私の醜態《しゅうたい》を、侍女をはじめとした使用人に見せずに済んだのは不幸中の幸いといったところかしらね。

とにかく、状況を確認しなければ。現実逃避なら後でいくらでもできる。今は冷静になって頭の中を整理しないと。

もしかしたら起死回生の一手がぱっと閃《ひらめ》くかもしれないし。

よっし、頭の中が切り替わったら少し気分が楽になったわね。

「まず、私はアレクサンドラ。タラコネンシス王国が誇る三大公爵家の娘よね」

私は、この世界の大陸の半島に位置するタラコネンシス王国の中でも有数の、長い歴史と尊き血を持つ公爵家に生まれたの。

三大公爵家と呼ばれる、建国の始祖の系譜。

王家の娘は三大公爵家に嫁《とつ》ぎ、公爵家の娘は王子に嫁《とつ》ぐ。そうやってタラコネンシスでは、代々王家と三大公爵家が強く結ばれ続けているの。

今代の王太子であらせられるアルフォンソ様は何を隠そう私の婚約者である。これは私とアルフォンソ様が幼少の時に陛下とお父様がお決めになった。

そのため、私は小さな頃から王妃となるべく英才教育を施《ほどこ》されている。私も国母《こくも》に相応《ふさわ》しくあろうと死ぬ思いで頑張っているわね。

そんな風に、アルフォンソ様と結ばれる未来を信じて疑っていなかった。それ以外の将来なんて想像すらしていなかったの。

アルフォンソ様の傍《かたわ》らに私がいるのは当然だと思っていたし、それが神様から授かった私の運命なんだって納得していたのよ。

嗚呼《ああ》、だから私はアルフォンソ様が芋女《いもおんな》――ルシアに心を奪われただなんて認めたくなかったんだ。

そう、今、アルフォンソ様の心は私にはないのだ。

「アレクサンドラ様はアルフォンソ様を王太子としてしか見ていないんです！」

それはいつぞやあの芋女《いもおんな》が口にした戯言《ざれごと》だけど、とんでもない。

私はアルフォンソ様を愛している。

勿論《もちろん》、王太子の彼を公爵令嬢の私が、じゃない。アルフォンソ様という一人の男を、一人の女としてお慕《した》いしている。その愛は山よりも高く海よりも深いんだから。

……ただし、私の愛は天然ではなく、養殖物なのだ。

私はアルフォンソ様と会う前に、婚約関係になった。初めて会った時の彼は紳士的だったものの、私は特別な感情は抱かなかったわ。

けれど義務的な関係ではお互い幸せになれないと幼いながらに考えた私は、彼を好きになるべく、ある意味、自分で自分を洗脳して恋心を抱くように仕向けたのよ。

そのかいあって、今や私は彼を愛せている。そして彼に愛されたいと思えるようになったわ。

あの方を奪われるなんて、私のこれまでの努力と在り方、つまり私の人生を全て否定されることに他ならない。

アルフォンソ様と芋女《いもおんな》が仲睦《なかむつ》まじくするのは、耐えられないわ。

国が定めた婚約に割り込むなんて許されるはずがない――そんな大義名分を振りかざしていたけれど、とんでもない。単に嫉妬《しっと》を膨《ふく》れ上がらせていただけよ。

そして、次第にその嫉妬《しっと》は悪意へと形を変えて芋女《いもおんな》に向かっていった。

彼女の私物を隠したり皆様に聞こえるように嫌味を口にしたり。それでも懲《こ》りないので彼女に直接危害を加えて、心身を貶《おとし》めようとしたの。

「ほら、こんなにもルシアさんはアルフォンソ様には相応《ふさわ》しくありません」

そう指摘して、芋女《いもおんな》が身分不相応な恋を諦めれば、アルフォンソ様の気の迷いが晴れ、私達の関係は元通り。近い将来、私は王妃、ゆくゆくは国母《こくも》となってこの国を支えていく。そんな光景を信じて疑わなかったのに。

あがけばあがくほど、私が醜《みにく》さを露《あら》わにすることになり、結果、芋女《いもおんな》の純粋さが際立っていった。アルフォンソ様は私に失望してますます彼女に惹《ひ》かれていく。

それは正に悪循環。

気が付けば、私はアルフォンソ様から敵意を向けられるようになってしまったの。……愚かな私は全て芋女《いもおんな》のせいだと決めつけて彼女への憎しみを更に強めていったのだけれど。

そして明日は、盛大な宴《うたげ》が開かれる予定になっている。

既《すで》にアルフォンソ様と芋女《いもおんな》が愛を語り合い、互いの想いを確認したって噂《うわさ》は聞いていた。おそらく明日の宴《うたげ》で、彼は目に余る私を捨てて芋女《いもおんな》を選ぶのでしょうね。これまで散々彼女に振り撒《ま》いた私の悪意を口実に。

そんな未来、認められるわけないじゃないの！

私はアレクサンドラ、誇り高き公爵令嬢にして王太子の婚約者よ！

芋女《いもおんな》の分際でアルフォンソ様を誑《たぶら》かすとは、なんて図々しい！

私の、公爵家の力で必ず破滅させてやるわ……！

「――というのが、ついさっきまで抱いていた憎悪なのよね」

芋女《いもおんな》への嫉妬《しっと》から湧き立った憎悪で吐き気と頭痛と眩暈《めまい》がして最悪な気分になっている私に、先ほど突然これまで生きてきた十数年間の記憶を超える量の情報が流れ込んできたのだ。

私が私でなくなる。

その恐怖など知るかとばかりに膨大な情報が頭に押し込まれていった。

それは私とは異なる人生、前世の自分とも言うべきわたしについての情報だ。

わたしはつい最近まで女子大生をやっていた、ただのしがないＯＬ、社会人二年生。男っ気なしで彼氏いない歴イコール年齢。容姿は普通というか地味。やせ気味で悲しいことに貧乳。趣味はライトノベルでも漫画でも何でもいいからとにかく空想作品を読み漁《あさ》ることよ。

いきなり前世を思い出したということの状況に対して何故《なぜ》や、どうやって、はこの際どうでもいい。どうせ考えたところで結論なんて出やしないんだから。

肝心なのは今の私、つまり公爵令嬢アレクサンドラは、わたしの記憶の中にある彼女、そのままだって点ね。

「まさかここって、乙女ゲームの世界⁉」

題名は『どきどき♡高鳴るエデンの園《その》での恋心』、通称『どきエデ』だったはず。副題もあったんだけれど……忘れた。

しっかり記憶してろよ、わたしぃ！

それはともかく、『どきエデ』はまあ単純と言うかテンプレと言うか。ただの平民でしかないヒロインが貧乏男爵家の養女になって王国の貴族を養成する学園に入学し、そこで巡り会った素敵な殿方と恋を育《はぐく》んでいく。そんな王道的物語のゲームね。

で、その乙女ゲーの攻略対象者には、将軍嫡男や宰相嫡男といった錚々《そうそう》たる面々が名を連《つら》ねている。

王太子様はその筆頭。恋愛に障害は付き物で、全ルートで敵キャラとして立ちはだかるのが王太子様の婚約者――つまり、私だ。私は所謂《いわゆる》、悪役令嬢って存在なのね。ちなみにゲームヒロインは勿論《もちろん》、あの芋女《いもおんな》だ。

「えっと、『どきエデ』でヒロインにたてついた悪役令嬢の末路ってルートごとに違うんだったたっけ？」

王太子様ルートだと婚約破棄後に実家の公爵家から自殺を強要され、宰相嫡男ルートでは修道院に追放され、そこに向かう途中で野盗に襲われて行方不明。将軍嫡男ルートだと追放先の土地が蛮族の侵略を受けて奴隷《どれい》に。なんと市中引き回しの上で処刑なんてルートもあるのよね。

……ちょっと待って。

どうして芋女《いもおんな》がアルフォンソ様以外に懸想《けそう》した場合でも悉く《ことごと》私は破滅してるのよ？　しかも死亡とか奴隷堕《どれいお》ちとか悲惨な末路ばっかだし。

脚本書いたの誰だか知らないけど、出てきなさいよ！

「いや、落ち着け私。シナリオライターを怨《うら》んだって今の状況は改善されないわ……」

……ただ、思い出すならもうちょっと早くが良かったわね。

だってヒロインが攻略対象者を引き連れて悪役令嬢を断罪するのって明日じゃん！

『どきエデ』はゲーム性を追求した一週間ごとのヒロインの行動を決めるシミュレーション形式と、シナリオ性を重視した選択肢で分岐するノベル形式の二パターンで発売された。この世界がどっちのシナリオにのっとっているにしろ、ここまで進んでいると結末は確定している。

「あの芋女《いもおんな》が選んだ相手は……」

私の記憶にある忌々《いまいま》しい芋女《いもおんな》と、わたしの記憶にある『どきエデ』のヒロインを照らし合わせる。

確か芋女《いもおんな》に恋した攻略対象者はアルフォンソ様、将軍嫡男、宰相嫡男と……アレ？　ちょっと待って。担任教師に大商人子息に、隠しキャラの王弟とアイツ……

「嘘、逆ハーレムエンド直前？」

何やってくれてんだあの芋女《いもおんな》！　よりによって節操なく攻略対象者全員に手を出しているなんて……！

どれだけビッ……失礼、色気づいているのよ！

逆ハーレムエンドは、シミュレーション形式でもノベル形式でもない、『どきエデ』ファンディスクで実装された所謂《いわゆる》おまけルート。ベースは王太子ルートで結ばれる相手もアルフォンソ様。ただ他の殿方ももれなくヒロインの虜《とりこ》になっていて、さながらヒロイン女王が爆誕したって感じだったわね。

このルートでは、悪役令嬢は罰を受けない。ヒロインの慈悲深《じひぶか》さに救われて和解、二人は生涯、友情という固い絆《きずな》で結ばれるのだ。

……それは、自殺、奴隷《どれい》、娼婦、処刑、そのどれもが生ぬるいと感じるほどの最悪の結末。

私、アレクサンドラの全否定だ――

「ふざけんな……っ！　そんな未来なんて断じて認めないわ！」

服毒自殺させられても、厳格な修道院に飛ばされても、私は三大公爵家の令嬢、更には元王太子の婚約者として誇り高いままだ。

けれど芋女《いもおんな》と和解してしまえば、私はこれまで血のにじむ思いで送ってきた日々を全部、そう……全部無意味、無価値にされる！

この私、アレクサンドラはたとえこの身が下郎に嬲《なぶ》られ火あぶりにされようと、断じて芋女《いもおんな》なんかに許しを請《こ》うものですか！

とは言え、完全にチェックメイトに陥《おちい》ったこの状況をどう引っくり返す？

決まっている。

詰《つ》みだと認めずに駒《こま》を動かし続けて相手の失態を誘うのよ。

普通に過ごしていたなら、『どきエデ』最高難易度の逆ハーレムルートに突入するなんてまず無理。大方芋女《いもおんな》も私と同じく『どきエデ』を熟知している転生者なんでしょうね。で、アルフォンソ様方に媚《こび》を売る一方で、シナリオ通りに墓穴を掘っている私を見て内心でほくそ笑んでいたわけだ。

だからこそ芋女《いもおんな》は油断しているはず。『どきエデ』的にはもうハッピーエンド確定だ。

でも、あいにくここはシステムに縛られたゲームの世界じゃなくて現実。プレイヤーが操作できない時間も自由に動き回れるのだ。挽回のチャンスがまだある。

残り二十四時間弱。——果たして運命を覆《くつがえ》せるか？

「よし、じゃあまず手始めに……」

ベルを鳴らして呼びつけたのは、長きにわたり私に仕《つか》えている侍女のセナイダだ。

音を立てずに入室して私の前で恭《うやうや》しく一礼した彼女に、私は命令を下した。

「セナイダ。執事のヘラルドについて、今すぐ探ってもらえるかしら？」

□前日十八時

公爵令嬢アレクサンドラ付きの執事ヘラルド。彼はなんと『どきエデ』の攻略対象者だったのよ！

ヘラルドは表向きでは主人に言われるがままにこき使われる美声かつ美形の執事なのだが、実は悪役令嬢の我儘《わがまま》に疲れ果てていたっていう設定のキャラになる。嫌々、悪役令嬢の命令に従いヒロインを心身共に傷つけているってわけね。

そんな彼はヒロインとの逢瀬《おうせ》で段々と人としての心を取り戻していくのだ。

事《こと》あるごとにヒロインが健《けな》げに優しい言葉を送るものだから、ヘラルドは彼女を聖母のごとく崇拝するようになるのよ。そして自分を召使いどころかただの道具、奴隷としか扱わない悪役令嬢に愛想をつかすのよね。

そのせいで、悪役令嬢の悪行《あくぎょう》を暴く重大な場面で、彼は己《おのれ》の意思で主《あるじ》に逆らった。人として自分を愛してくれる女性のために。

悪役令嬢に仕《つか》えていた彼にとって、証拠集めなんて朝飯前。彼により悪役令嬢は刑罰を食らって破滅を迎えるのだ。

逆ハーレムルート爆走中の現在、あの芋女《いもおんな》がこの執事にまで食指を伸ばしているのは確定だ。このままいけばヘラルドは、私の悪事だか何だか知らないけれど不利になる物証を盛大にばらまいてくるに違いないわ。

はっ！　そうはさせるものですか。

「お前はクビよ。今すぐ私の前から失《う》せなさい」

裏切り者は真っ先に排除するに限るわ。

終盤の大逆転劇――『どきエデ』の攻略本に記載されていた通り呼ぶならば断罪イベント――それの前に解雇しちゃえば、ヘラルドは舞台にすら上がれなくなるってわけよ！

私の我儘《わがまま》でいきなり呼び出されるのは慣れっこだったヘラルドも、突然のこの宣告には驚いたようね。

最近コイツったら私がいくら理不尽な命令をしてもまるで動じなかったから、久しぶりに人間らしい反応が見られて大満足よ。

「お嬢様。私に何か至らぬ所がありましたでしょうか？」

「お前があの芋女《いもおんな》を好きだってことぐらいとっくに知っているのだけれど？」

「……っ」

私が芋女《いもおんな》と口にした途端、取《と》り繕《つくろ》っていたヘラルドの顔がわずかに歪《ゆが》んだ。

邪魔な悪役令嬢を退場させるまでもう少しくらい取《と》り繕《つくろ》ったっていいんじゃない？　粘土細工《ねんどざいく》のお面みたいに、その微笑、叩《たた》けばすぐ崩れ落ちそうじゃないの。

「お前が誰を一生涯の相手に選ぼうが知ったことじゃないけれど、私に害を為《な》す女を主《あるじ》より優先させるなら話は別よ」

「害だなんてそんな。確かにルシアはとても素敵な女の子ですが……」

「あら、名前で呼び合う仲にまでなっていたのね。あの芋女《いもおんな》は王太子殿下を始めとした婚約者がいらっしゃる方々に馴れ馴れしくしたあげくに、言葉巧《たく》みに擦《す》り寄っていって誘惑していたでしょう。他の男のお手つきなのに惚《ほ》れるなんて私には理解できないわね、ホント」

「お嬢様、撤回してください。その言い方では彼女がふしだらに男性を誑《たぶら》かしているように聞こえます」

ヘラルドは自分が恋した女性を貶《けな》されて込み上げる怒りをかろうじて抑え込み、従者としての態度を貫《つらぬ》く。

さすがにまだ公爵令嬢かつ王太子殿下の婚約者である私に、下僕風情《ふぜい》が真っ向から楯突くような真似はしないか。

「あら、事実を口にしただけだから撤回なんて必要ないわよ。それより……」

会話の途中、部屋の扉が勢い良く開かれた。次に、使用人が複数ずかずかと私の部屋に入ってくる。その内の一人がヘラルドの腕を押さえ込み、もう一人が彼のひざ裏を蹴って私の前に跪《ひざまず》かせた。

「もう当家の使用人でもなんでもない、たかが貧弱な一般人ごときが三大公爵家の娘である私に命令する気？　身のほどを知りなさい」

最後尾にいたセナイダが、両手いっぱいに抱えていた手記と羊皮紙の束を側のテーブルに並べていく。そのうちの一つ、手記を手に取ると端《はし》を折ってあった頁《ページ》を開いて私に提示した。

その手記は日記も兼ねているみたいで、日付と天気が記載されている。

「お嬢様の危惧《きぐ》された通りでした。このヘラルドはお嬢様の動向を詳細に記録していたようです。中にはお嬢様が接触していた裏社会の情報も――」

「ご苦労だったわね、セナイダ。まさかヘラルドが私を……いえ、この家を貶《おとし》める工作をしていたなんて信じたくなかったけれど、受け入れるしかないのね」

なーんて心にもないことを言って、私は表面上、物悲しいって顔をする。

前世を思い出してから小一時間。

その間ヘラルドが自室を離れるように誘導、セナイダに探ってもらったわけだ。明日、アルフォンソ様方に提出するつもりだったのだろう私がやらかした数々の悪行《あくぎょう》についての記録を。

そもそも仕《つか》える主《あるじ》、つまり公爵であるお父様を飛び越えて王太子へ直接、告げ口し、あげく断罪イベントで暴露するですって？　そんなの許されるわけないでしょうよ。

私の行動は私一人の問題では済まされないわ。間違いなく公爵家の名誉に繋がるし、家と王家の信頼関係にまで響く。

もし彼が公爵であるお父様に相談していたら、私一人のこととして病《やまい》に侵されたと偽《いつわ》り領地へ静養に行かせるなど、穏便な解決策を取れるのよ。

私が接触できる裏社会も、家と関係がある所なのだし。

要は、彼の行いは私への反逆ではなく、公爵家への背任《はいにん》になるわけ。

「何か弁解はあるかしら？」

「……勿論《もちろん》ありますよ。そもそも貴女《あなた》がルシアに――！」

「黙らせなさい。芋女《いもおんな》の名前を聞くだけで耳が腐りそうだわ」

あ、あー聞こえない聞こえない。

ヘラルドが雑音を喚《わめ》き散らす前に、他の使用人達が猿轡《さるぐつわ》をかませて喋《しゃべ》れなくさせる。何かもがもが耳に入ってくるけれど、まあ許容範囲ね。

貴族社会における使用人は、能力もさることながら信用が第一。解雇されたヘラルドは問題ありだと解釈されて、どの家も雇わないでしょう。それとも攻略対象者のどなたかが同情して召し抱えるのかしら？

まあいい、それは今日明日の話じゃないもの。明日の断罪イベントで姿を現さなきゃ、ヘラルドなんてどうだっていいわ。

「ああ、そうそう。仮にも私に長年仕《つか》えてくれたんだもの……」

ついでに在庫処分もしてしまうか。

私はテーブルの上に置いてあった、わたしならティッシュ箱ぐらいって表現する大きさの箱を、山なりに放り投げた。両腕を取り押さえられているヘラルドが受け取れるはずもなく、見事に額《ひたい》に命中する。

「退職金代わりを差しあげましてよ。泣いて私に感謝することね」

床に転がり落ちた拍子に箱を閉じていた金具が外れた。中から、七色に輝く大きなダイヤモンドが中央に埋め込まれ、宝石がふんだんにちりばめられたネックレスが飛び出てくる。

「お嬢様、それは……！」

その場の誰もが驚きを露《あら》わにした。

セナイダなんてネックレスと私を交互に見比べてくるし。たった今理不尽な仕打ちを受けたヘラルドすら目を見開いていたわ。

ソレは、未来の王妃にと頂いたアルフォンソ様からの贈り物。私がここぞという夜会や舞踏会に出る時にしか身につけなかった装飾品だ。私の私物の中で最も高価で貴重で、掛け替えのない大切な品……だったやつ。

ええ、そう。今となってはもう過去形よ。

「これを然《しか》るべき所で売り払えば一生働かずに暮らしていけるでしょうね」

私自らの手でネックレスを拾い上げて箱にぞんざいにしまい、身動きの取れないヘラルドの懐《ふところ》に無理やりねじ込んでやる。

その間ヘラルドはただ茫然《ぼうぜん》と私を見ているばかり。

「さようなら。二度と私の前に姿を見せないで」

私が顎《あご》でしゃくると、使用人達はヘラルドを引っ立てて退出していった。アレだ、時代劇の終盤でよく見る、罪人が引きずられていくシーンみたい。

彼は何か訴えたいことがあったようだけれど私の知ったことじゃあないわ。

さよならバイバイふぉーえばー。

「――ですが、まさかあのヘラルドさんが謀反《むほん》を起こそうと企《たくら》んでいたなんて……」

私と二人だけになった静かな部屋で、セナイダが口を開いた。まだ驚きを隠せず彼が退室した扉へ視線を向けっぱなしだ。

「恋は人を盲目《もうもく》にする。優先順位もつけられないぐらい馬鹿になっちゃったんでしょうね」

さて、これでまず一人目を片付けた。

この調子で、私を破滅コースに叩《たた》き落《お》とす要素をどんどん排除していかなきゃ。

だから次は――

「ところでセナイダ」

「はい、なんでございましょうか？」

「この家の使用人を辞めて、私個人に仕《つか》える気はない？」

明日を境《さかい》にあっさり裏切るこの侍女を買収するとしましょう。

□前日十八時半

「公爵家勤めを辞めてお嬢様に直接、仕《つか》えろ、と？」

私から突拍子もない話を振られたセナイダは訝《いぶか》しげに眉をひそめた。

「これまでも誠心誠意お嬢様にご奉仕していたと自負していますが」

「勿論《もちろん》相応の賃金は払うわ。別に業務内容は今までと同じよ。ただ給料の形態が少し変わるだけでね」

「でしたら別に変える必要なんてないのでは？」

「勿論《もちろん》手間を掛けさせる分、前金は弾むわ。そうね……これでどう？」

私はテーブルの上に置いてあった小箱の棚を引き出した。中身を見せつけてやるとセナイダの顔がさっきより更に驚きに染まる。

まあそうでしょうね。だって指輪、アミュレット、腕輪、髪飾り、耳飾り、髪留めなど、様々な金や銀の細工品、宝飾品が並べられているんだもの。侍女という身分では決して手が届かない貴重品ばかりね。

「さすがに全部とはいかないけれど何個か譲ってもいいのよ。勿論《もちろん》売りやすいように職人の保証書を付けてね」

「こ、これをわたしに、ですか？」

「ええ。それで、話に乗ってみる気になったかしら？」

これまでの私だったら「誰が、たかが侍女に装飾品なんて分けてやるものか！」って考えたでしょうね。けれど前世の価値観が混ざった今の私にとって、宝石も貴金属もそんなに持ち続けたいって思うほどでもなくなっている。

だから、賭けのチップに最適って価値しか感じないわ。

「お嬢様、どうしてわたしにこれほどの待遇を？」

ところがセナイダったら、何を企《たくら》んでいるのかって、逆に私を警戒したようね。ただそれを表に出さないのは公爵家の教育の賜物《たまもの》か、それとも彼女が優れているからか。

疑うのは当然か。逆の立場だったら私でもそうする。いきなり宝飾品をあげるって言われて素直に受け取れば、後が怖い。

考えているのは、コレを報酬としてアレクサンドラは一体どんな理不尽な命令をしてくるのか、辺りかしら？

「だって貴女《あなた》、公爵家に仕《つか》えているのでしょう？」

「はい。ですからお嬢様に……」

「なら、何らかの事情でお父様が私を切り捨てたなら、貴女《あなた》も私を捨てるのよね？」

そう、これは全部自分の保身を考えての策よ。断じてセナイダを優遇するわけじゃない。

『どきエデ』では芋女《いもおんな》がどの男を選ぼうと私は最終的に公爵家には見捨てられる。その時、今まで私を可愛がってくれた家政婦長も老執事も、私の身の周りの世話を献身的にしてくれた侍女達も、みんなみんなまるで私なんて最初からいなかったみたいに私に背を向けるのよ。

家政婦長や老執事は駄目ね。彼らは公爵家やお父様に忠誠を誓っているので、ちょっとやそっとの誘惑には靡《なび》きやしない。

かと言って、他のしがない使用人を金や女で釣ったところで、断罪まで一日を切った猶予《ゆうよ》のない今となっては何の役にも立ちはしない。

その点セナイダは忠誠心より自分の安泰を優先する、と断言できる。これから寿退職するか老人になるまで働いて払われるだろう賃金と、目の前に出された宝飾品、どちらを手にしたら利が大きいかを頭の中で天秤にかけるに違いない。

「成程、そこまで買っていただけるのでしたら無下にはできませんね」

脳内の計算が終わったようだ。

セナイダったら今まで見せたことのないほど満面の笑みを浮かべている。欲深い淑女や強欲な商人が見せる、悪い笑顔だ。

彼女はメイド服のポケットから白くて薄い手袋を取り出すと、並んだ貴金属品の何点かを指差した。……四つか。多めだけれどまあ想定内。

彼女は選んだそれらを取り出して自分の手元に引き込むと、恭《うやうや》しく頭《こうべ》を垂れる。

「お嬢様。これからもよろしくお願いいたします」

「ええ、よろしく」

買収成功。これで私個人の手駒《てごま》ができたわ。

「ああ、分かっているとは思うけれど誰にも言い触らさないでね。万が一お父様やお母様に質問されたら、そうね……お嬢様に山吹色《やまぶきいろ》のお菓子を頂いておりました、とでも答えなさい」

「山吹色《やまぶきいろ》のお菓子、ですか？」

「東方の国には、金貨の塊《かたまり》を菓子箱に入れて賄賂《わいろ》を贈るって習慣があるらしいわ」

「洒落《しゃれ》ていますね」

あの商人と悪代官のやりとりって、わたしが好きだったのよねー。お主も悪よのう、いえ貴方様ほどでは、ってさ。

この場合は悪役令嬢の私が従者に送るんだから、逆なんだけど。

ってそんな話はどうでもいい。

肝心なのは、これでセナイダを自由に使い走りにできる点だ。

「で、早速なんだけれど……今日は寝かせないわ」

「ね、寝かせないって……」

「別に不純な行為に奔《はし》るつもりで言ったんじゃないわよ」

ちょっと、何を想像した？　まさか私がお付きの侍女を毒牙にかけて夜の相手をさせるとか思ったりしていないでしょうね？

あいにく、女同士で同じベッドに入る程度ならともかく、欲情するなんてあり得ない。

「やりたいことが盛り沢山で、各所を奔走《ほんそう》してほしいのよ。時間との勝負だから今すぐにでもやってもらうわ」

「それでしたら特別報酬としてもう一個ほど、その宝飾品を頂いちゃってもいいですか？」

「……。それでやる気が出るならいいわよ」

「さすがはお嬢様、話が分かるぅ！」

あ、何か早くも後悔の念が浮かび始めたわ。

いけないいけない。まだ先は長いんだから。

意気揚々《いきようよう》と貴金属品を布袋に詰めて懐《ふところ》にしまったセナイダは、もう花が咲き誇る感じで満面の笑みを浮かべたわ。

くっそ、遠慮なくこき使ってやるんだから。

「それでお嬢様。まずはじめに何をすればよろしいでしょうか？」

「商人を呼んできてちょうだい。今すぐに」

「そう仰《おっしゃ》られましても、何を意図されているかによって呼んでくる者が違います」

「なら、これから言うことを全部暗記するか何かに書《か》き記《しる》して」

私はセナイダに思いつく限りの目的を語った。

はじめはちょっとしたお使い程度に考えていたらしいセナイダも、次第に考えを改めて真面目にメモ書きする。

聞く度に驚きの声をあげるのはどうよと、思ったけれど、まあいいわ。

説明を終えて満足した私とは対照的に、セナイダはメモ書きを凝視して深刻な表情になった。メモ書きを握る指に力がこもって、若干紙にしわができる。

「お嬢様、これらですが……本当におやりになるおつもりで？」

「勿論《もちろん》よ。嗚呼《ああ》、分かっているでしょうけれど当然お父様方には秘密よ」

「お嬢様が旦那様への説明なく商人をお呼びして、事後承諾でお買い物をなさるのはいつものことです。今日も疑いはしないでしょう」

うぐ、私お抱えになったってのに辛辣《しんらつ》ね。

けれど一般庶民が目にしたら卒倒しかねない贅沢《ぜいたく》三昧だったのはこの私。私のお小遣いでは足りないからって、公爵家の資産やツケで払うこともしょっちゅうだった。

今から思い返せば、金遣いの荒さや公爵家への迷惑を考えない傲慢《ごうまん》さも、アルフォンソ様に嫌われた要因だったかもしれないわね。

もっとも、前世のわたしごときに私の在り方を変えられやしない。反省する気は微塵《みじん》もない。

「では行きなさい。時は金なり、よ」

「畏《かしこ》まりました。直《ただ》ちに」

セナイダは慇懃《いんぎん》に一礼すると早歩きで退室していった。

さて、その間に私は準備を整えることにしよう。何せ、いつもだったらあれしろこれしろと使用人に命令するだけで良かったけれど、今回ばかりは私一人の手で遂行《すいこう》しなきゃいけないものが多いからね。

ああ忙しい忙しい。

□前日十九時

「ご機嫌麗《うるわ》しゅうアレクサンドラ様。いつもお美しく……」

「世辞はいいわ。用件はセナイダから聞いているんでしょうね？」

「ええ、ええ、勿論《もちろん》ですとも」

さすがはセナイダ。

彼女は、あれからあまり時間の経たないうちに商人、イシドロを連れてきた。

イシドロは肥満体型かつ汗っかきなものだから、見た目は最悪。けれどその中身は有能で、多くの有力貴族御用達《ごようたし》の大商人の一人ね。

『どきエデ』での彼は、悪役令嬢御用達《ごようたし》の悪徳商人として登場する。時にはヒロインに差し向ける暴漢や詐欺師を雇い、時にはヒロインに盛る毒を手配する。そうした悪役令嬢の悪意を実行に移す最適な手段を用意してくれる人物だ。

最終的には彼もまた悪役令嬢と共にこれまでの悪事を暴かれて破滅するのだけれど、それはまだ明日の話よ。

私はイシドロに椅子を示した。

「座りなさい。話は手短に済ますつもりだけれどね」

すると彼は軽く驚きの声をあげた。

「なんと。いつもは私めを立たせっぱなしの貴女様《あなたさま》にご配慮いただくとは。明日は大雨でも降りますかかな?」

確かにいつもならイシドロを立たせたまま私一人が豪奢《ごうしゃ》な椅子でふんぞりかえっていたものね。まあイシドロはイシドロで、指紋が消えるんじゃないかと思うくらい手を揉みながら、私の許しもなく座るのだけれど。

「それでアレクサンドラ様。もう一度確認させていただきますが、貴女様《あなたさま》の侍女から伝えられたご

用件は本気である、と解釈して構いませんか？」

「ええ、勿論《もちろん》よ。でなければ貴方をここに呼びやしないわ」

私はイシドロを自分の部屋に招き入れていた。いつもなら応接室を使って応対するのに。

私が自室に殿方を招いたことなんて片手の指で数えられる程度だ。

光栄に思いなさい。まあ彼はそこに価値は見出さないでしょうけれど。

「ここに並べられている衣服と調度品、それから装飾品を全て換金してちょうだい」

そして私は、最初の目的を口にした。

今、私の後ろには豪奢《ごうしゃ》な衣服や調度品が並べられている。凡百《ぼんびゃく》の貴族では決して揃《そろ》えられない価値のある逸品《いっぴん》ばかり。

けれどドレスは一度袖を通してそれっきりだし、調度品は何度か手に取ったら飽きて、しまいっぱなしだった。私にとっては、もはや価値のないものだ。

「この中には私めの商会を通してご準備しました品もございます。売りに出されるとは、何かお気に召さなかったので？」

「いいえ、イシドロの用意したものはどれも満足が行くものだったわ。これからも使いたいって思う品については抜いているから安心して」

「成程、道理で幾つかここにない品があるわけですな。ご愛用いただいているのでしたら商人冥利《みょうり》に尽きます」

「誇りなさい。イシドロはいい仕事をしているわよ」

そう、私はドレスや装飾品を必要最低限を残し、売り払う気だった。

十八歳という、まだ成熟していない私の身長や体格はすぐ変わるから、少し前のドレスは着られなくなっちゃう。貧乏貴族なら妹や親戚に譲るんでしょうけれど、ここは公爵家。妹達の分も新しく仕立てる財力がある。だから着られなくなったドレスが余るのよ。

それに、私は飽きっぽいので、気分次第でドレスを変える。装飾品はドレスに合わせてコーディネイトしないといけない。

結果、私の衣装棚の中は見事にいらないドレスで埋まっているというわけね。服に合わせる装飾品も箱が溢《あふ》れそうだ。

「それで、本当にこちらの品々は今すぐにでも引き取って問題ないと？」

「ええ。ところでつかぬことを聞くけれど、装飾品はともかく、古着って買い取って何か役に立つの？」

「裕福ではない貴族の方々に購入を検討いただけます。それと公爵令嬢ご愛用の品となれば、箔《はく》が付きますので」

「……まさかとは思うけれど、いかがわしい趣味を持つ輩《やから》に売られる可能性も？」

「不快に思われるのでしたら、そうならないように取り扱いますが？」

「いえ、結構よ」

手放したものがどうなろうと知ったことじゃないわね。私の手から離れたものが次の買い手にも大事に使ってもらえたらなーとかは、これっぽっちも感じない。重要なのは今、要か不要かだけでしょうよ。

私の答えにイシドロは満足げに頷《うなず》くと、大きく出た腹をさすりながら立ち上がった。

「では査定のために商会の者を部屋に招き入れても？」

「さすがに呼び入れるのは最低限にして、後は廊下に待機させなさいよ」

「ご心配には及びませんとも。顧客を不快にさせるなど断じていたしません」

イシドロが手を叩《たた》くと部屋の外で待機していた商人が何名か入室し、私へ慇懃《いんぎん》に頭《こうべ》を垂れた。さすが複数の貴族が御用達《ごようたし》にするだけあって礼儀を身につけている。

私が許しを与えると、彼らは早速仕事に取り掛かった。

「それでお支払いする金ですが、いつまでに準備すれば？」

「今すぐ、は無理なんでしょう？」

「そうですね。これほど多いとなると、まずはこれらを再び売って、ある程度現金化するまでは待っていただかないと」

「じゃあツケでいいわ」

イシドロの部下が査定を進める間に私はイシドロと他愛ない話をする。

本当なら一分一秒も無駄にはしたくないのだけれど、彼の機嫌を取るのは結構重要なのよね。彼の興味をひければ、こっちの要求以上の成果を出してくれるもの。

「これらの品を買っていただいた際は公爵家にお支払いいただけたと記憶していますが、今回の買い取りの代金はアレクサンドラ様にお渡しすればよろしいですかな？」

「そうしてちょうだい。私が買ってもらったものなんだから、どう使おうが私の勝手よ」

当然、突然要らなくなったから売り払うんじゃないのだ。それだけのためにわざわざ大商人であるイシドロ本人を、こんな時間帯に呼び出したりはしない。

私は私個人が自由に動かせるお金が今すぐ欲しかったのよ。

「それで、私の意図に適《かな》う人は雇えそうなの？」

次の一手として動かす駒《こま》を確保するためにね。

□前日十九時半

「——さすがに見くびらないでいただきたいですなあ。金払い次第で靴磨きから殺し屋まで、一流の人材を私めの商会が責任を持ってご紹介いたしますとも」

「じゃあ費用は今売った分で払うってことで足りそう？」

「問題ないと思われますな。それで、お支払いの方法ですが、前払いで三割、成功報酬で七割でしたかな？」

「ええ。割合は譲歩してもいいけれど、二回払いは譲れないわ」

さすがに全額前払いで任せられるほどは、信用できない。かと言って全額成功報酬だと受けてもらえない心配もある。仕事として成立させるなら二回払いが妥当でしょう。

「イシドロも芋女《いもおんな》は知っているんでしょう？」

「アレクサンドラ様が激しく嫉妬《しっと》なさる……おっと失礼。巷《ちまた》を騒がす男爵令嬢ですな」

殴るわよ、グーで。

「一般庶民の間でも噂《うわさ》されていますよ。井戸端会議で格好の話題になっているそうです」

「ふぅん。どんな風に言われてるのか興味あるわね」

「そうですな。なんでも有力者の子息を侍《はべ》らす女王様きどりとか魔女とか言われているんだそうで。はて、一体どなたがそのような悪評を触れ回っているのでしょうかね？」

「さあ？　実際その通りなんだから誰が口走っていようと関係ないじゃないの」

「そうですな。色恋沙汰は話題に上りやすいですしねえ。逆に男爵令嬢は身分違いの恋に翻弄《ほんろう》された悲劇の少女で、愛される彼女に嫉妬《しっと》した傲慢《ごうまん》な公爵令嬢がいじめている、とも噂《うわさ》されておりますよ」

「……こんなことになるんだったら、もっと情報操作しておくんだったわ」

情勢をかぎ分ける嗅覚が要《かなめ》の大商人であるイシドロは、当然この昼ドラも霞《かす》むヒロイン周りの話を把握している。私がコイツを使って芋女《いもおんな》への嫌がらせを画策すると、いつもこうして軽口を叩《たた》いてくるのだ。その度に癇癪《かんしゃく》を起こしかけたものよ。

「まず一つ目の依頼は今晩の密偵でしたかな？」

「ええ。男爵邸に忍び込んで芋女《いもおんな》の私室の様子をうかがってきてほしいのよ。夜が明けるまでの全てをね」

まずは芋女《いもおんな》の寝室を探《さぐ》ってきてもらいましょう。

これは『どきエデ』で悪役令嬢を断罪する前夜、ヒロインと攻略対象者がとうとうその愛を確かなものとするからだ。身分の違いを乗り越えてこれから巻き起こるだろう様々な苦難も受け入れ、二人とももう戻れなくてもいいという決意を胸にして。

で、だ。その前夜イベントなんだけれど、攻略対象者からの好感度次第で描写が違う。ファンデスクでは、単なるノベルゲーの選択肢だけじゃなくて、それまでのミニゲームのスコアも絡んでくるのだ。それで高得点をあげて好感度を最高にすると、ご褒美とばかりに濃厚な夜をにおわせる描写になるわけよ。

「アレクサンドラ様から頂いた簡易間取り図がありますのでそう難しくない仕事ですが、わざわざ男爵令嬢の私室に行きただ観察してこい、ですよね？　それってつまり……」

「……ええ、そうね」

きっと芋女《いもおんな》とアルフォンソ様はよろしくやってくれちゃうんでしょうね。

まだ婚約関係を結んだままの私を差し置いて、ね。

「出歯亀できて破格の報酬が入るとなれば、誰もが諸手《もろて》を挙げて歓迎するでしょうな」

「仕事として好きなことがやれて報酬の入りが良いんだったら、それはそうよね。私は他人の恋の営《いとな》みなんて、お金をもらったってご免だけれどね」

アルフォンソ様は美男子かつ細マッチョで見栄え最高だし、芋女《いもおんな》だって乙女ゲーのヒロインらしく美少女だものね。さぞ扇情的《せんじょうてき》なやりとりを拝《おが》めるでしょう。

あー、想像しただけで吐き気がするわ。

どうしてそんな情報を掴みたいか。

大義名分がいるからよ。

あくまで私はアルフォンソ様の真実の愛とやらの被害者。王太子殿下は婚約者そっちのけで貧乏貴族の令嬢と肉欲に溺《おぼ》れました。そんな感じのね。

体裁《ていさい》なんて悪役令嬢が退場した後で取《と》り繕《つくろ》うのが『どきエデ』なんでしょうけれど、鎮火前に大炎上させたらどうなるかしら？

この情報をばらまいてもよし。明日、婚約破棄騒動を起こされた時の反撃の材料にしてもよし。何なら国王陛下にご報告する資料にしてやってもいいわね。

どう転がしても芋女《いもおんな》にとっては痛恨の一撃になる。

「いつものように人員はこちらで選定して、アレクサンドラ様にはご報告だけいたします。何時《いつ》頃までにご報告に伺えばよろしいので？」

「朝方にはお願い。その情報をもとに明日は動き回りたいのよ」

「ふうむ、今回はやけに急がれますな。理由をお聞きしても？」

「明後日《あさって》になれば分かるわ。悪いけれど今説明する気はないの」

さて、これでヒロインこと芋女《いもおんな》とアルフォンソ様への対処は決まった。明日の朝がお楽しみ、ってね。

次は……芋女《いもおんな》を守る逆ハー構成員共への対策か。

「続きまして、将軍閣下と宰相閣下のご嫡男を社会的に排除する人員についてですが……」

基本的に『どきエデ』の断罪イベントは、攻略対象者たちがヒロインを庇《かば》い立《だ》てしながら悪役令嬢を糾弾、王太子様も加勢するって展開なの。逆ハーレムルートだと攻略対象者が勢ぞろいしてオールスターかよって感じに画面を占めてきたっけ。

王太子ルートと逆ハーレムルートでは王太子様が切り込み隊長となって悪役令嬢を責め、取り巻き達は補助に回る。その筆頭が将軍嫡男のバルタサル様、そして宰相嫡男のロベルト様。

その二人に、舞台に上がってこないようご退場願うとしましょう。

「――以上のような手筈《てはず》でよろしいですかな？」

「ええ、充分よ」

たとえ汚い手を使ってでもね。

「では更に続きまして――」

依頼が終わった頃、イシドロの部下達が査定を終えたようで報告しに来た。イシドロは自ら算盤《そろばん》をはじいて再計算し妥当性を確認、私に金額を提示する。

「これら全てを売り払うとなると……ざっとこんなものですな？」

「……私の金銭感覚が庶民とかけ離れているのをいいことに足元を見てはいないでしょうね？」

「とんでもない！　我が商会はアレクサンドラ様にいつもご贔屓《ひいき》にしていただいている身。どうして騙《だま》すなどいたしましょう？」

「言ってみただけよ。そういう点でイシドロは信用できるもの」

おおう、思った以上の金額になるわね。

凄《すご》いと思う反面、私ったら今までどれだけ散財したんだって呆《あき》れるわ。

依頼の報酬を払ってもまだ余裕がある。これなら少しは手元に残しても……やっぱいいか。捨てる時は思いっきり、ってね。

「じゃあこれで商談は成立ね」

「毎度ご贔屓《ひいき》いただきましてありがとうございます。今後もぜひ、私めの商会をご利用いただければ」

「ええ、そうさせてもらうわ」

私とイシドロは互いに笑い声をあげる。

きっと傍《かたわ》らで控えるセナイダの目からは、このやり取りは悪役同士の密会みたいに見えたでしょうね。

□前日二十時

公爵たるお父様は、広大な領地の統治と王政の補佐とで多忙な日々を送っていらっしゃる。けれど、夕食だけは極力お屋敷で家族と一緒に取るようにしていた。

今日もまたその例にもれず、お父様は馬車を走らせてお屋敷に戻られる。

食堂ではお父様を含めた公爵家の家族が着席していた。

兄で公爵家嫡男のセシリオ。妹のビビアナとエスメラルダ。ビビアナと双子で、弟のプラシド。

それから公爵夫人のお母様だ。

凄《すご》いのは、私達五人兄弟って全員お母様の子だってことよ。大抵有力貴族は政略上、妾《めかけ》を持って多くの子を育《はぐく》むのに。

そんな公爵家での私の立ち位置は、わたしという第三者の視点で語るなら、微妙の一言に尽きる。

お兄様は既《すで》に次期公爵としてお父様の手伝いをなさっていた。近頃は領地運営を任され始めていて、代替わりの準備は整いつつある。

プラシドは分家筋に婿養子《むこようし》に行く段取りになっていて、近々婚約するそうだ。

問題なのはビビアナ。彼女はあろうことか、なんと芋女《いもおんな》に懐柔されていた。

元々、私とビビアナは仲があまり良くなかったけれど、それでも挨拶《あいさつ》を交わす程度の交流はあったのよ。けれど今となっては、すっかりビビアナから忌《い》み嫌《きら》われている。

と言うのも、将軍嫡男達に憧れる彼女は、自然とヒロイン派閥になったのよね。私がヒロインをいじめる度に、間接的に私に対する妹の評価は下落していったわけよ。芋女《いもおんな》と仲良くすれば見目麗《うるわ》しい殿方に感謝されるらしいしね。

……アンタさぁ、公爵家の令嬢が貧弱一般人に毛が生えた程度の男爵娘に擦《す》り寄るとか、誇りってものがないの？

そんなわけで私とビビアナは犬猿の仲。彼女と会話するのがそもそも時間の無駄なので、ここ最近は口もきいていない。

エスメラルダはそんな私とビビアナ、姉二人の板挟みになっている……というのは表向きで、どうも時間に余裕のあるビビアナが私の悪評を吹聴《ふいちょう》しているらしい。嫉妬《しっと》深い醜《みにく》い女だとかなんとか。脚色はしてあるが、事実もあるのであえて反論はしていない。

お陰様で最近はエスメラルダにも避けられるようになったわ。

もっともアルフォンソ様が芋女《いもおんな》に靡《なび》く毎日に苛立《いらだ》つ私が癇癪《かんしゃく》を起こしたりもしたので、その影響もあるかもしれない。

さすがに末の妹にはこれ以上嫌われないよう改めないと。

で、お父様とお母様。お二人は私に対してかなり複雑な思いを抱いているみたい。

次期王妃としての厳格な教育を受ける私は、幼少期に遊ぶ暇なんてなかった。なのにここに来て用済みと言われているようなものだ。努力が無駄になり怒る気持ちは察するって感じらしい。金遣いが荒くなったのも、あの芋女《いもおんな》が現れてからの憂《う》さ晴らしだし。

それでも、私の醜態《しゅうたい》が見逃されているのは、私がアルフォンソ様の婚約者であり続けているから。

婚約破棄されたら最後、私はもうお終《しま》いだ。

「お父様。折り入ってお話がございます」

「ん？　どうしたんだ、私の愛しい娘よ」

ここ最近不機嫌なあまり一切口をきかなかった私からの発言は、食堂の片隅に控えていた使用人達を驚かせた。

お父様は笑顔で続けるよう私に優しいお言葉を下さる。まだこんなにも私を愛していただけるなんてと思い、少し感動した。

「私、王太子殿下の婚約者を辞退しようと考えていますの」

けれど、そんな安穏《あんのん》とした空気に私は爆弾発言を投下する。

お兄様は肉を刺したフォークを口にしたまま固まり、ビビアナは手にしたナイフを皿の上に取り落とした。次の料理を運んできた使用人は、危《あや》うく皿ごと床にぶちまけそうになる。普段何にも動じないお父様すら、しばし目を見開いて私を呆然と見つめるばかり。

「……アレクサンドラ、それは一時の気の迷いかな？」

「いいえ。こんな結論に至ったのはつい最近ですけれど、ずっと前から思い悩んでいました。私はどうやらアルフォンソ様の伴侶として相応《ふさわ》しくないんだ、って」

はは、言っちゃった。言ってやっちゃった。

私は自分からこれまでの私自身を全部否定したのだ。

他ならぬアルフォンソ様自らの手でずたずたにされる前にね！

『どきエデ』の知識を得た今、もはや私があの方の愛を取り戻す術《すべ》はないと分かっている。

もうあの方は、私には振り向いてくださらない。

元々私の恋心は私自身が焚《た》きつけた偽物。なら潔《いさぎよ》く身を引けばいい。それが私のささやかな自尊心を汚されない、最後の手段なのよ。

ええ、勿論《もちろん》辛《つら》いわ。この胸だって今にも張り裂けそうなほど痛い。喉はからからで頭はぐらぐら。大丈夫よって自分に言い聞かせても、苦い感情が込み上げてくる。今にも悲痛な叫びをあげたい、泣いて何もかも忘れたい。

けれど駄目。今だけは我慢よ。

泣いたって私の状況は改善されないんだから。

決して冗談ではなく決意は固いと分かってくれたのか、お父様は軽くため息を漏らした。

「この王国の王妃は代々三大公爵家の娘と決まっている。お前が辞しては、誰を後釜にする？」

「ご心配には及びません。この家にはまだ二人も娘がおりますもの。私は最近アルフォンソ様と仲《なか》睦《むつ》まじくしているビビアナを推薦しようと考えています」

「はぁっ!?」

まさか名前を挙げられると思っていなかったのか、ビビアナがはしたなくも素《す》っ頓狂《とんきょう》な声を出した。しかも椅子を倒す勢いで立ち上がっちゃって。

ったく、ビビアナの教育係は彼女とおままごとでもしていたのかしらね？

「お父様のお耳にも、ここ最近、私が行っている不始末は届いていらっしゃるのでしょう？」

「……。確かに度を超えているとも言えるが、まだ私が取《と》り繕《つくろ》える範囲ではある」

「私はアルフォンソ様のお怒りを受ける前に退《しりぞ》きたいのです。今ならば私一人が責任を被《かぶ》れば、どこにも波及いたしません」

ふっふっふ、これぞ愚妹《ぐまい》に全部押し付けちゃえ大作戦！

王国は一夫多妻制、国王陛下も王妃様以外に側室が多くいらっしゃる。

アルフォンソ様は芋女《いもおんな》を目の敵《かたき》にして目に余る悪行三昧《あくぎょうざんまい》な私に愛想を尽かしているんだから、王妃の座にはビビアナを代わりに据《す》えてしまえばいい。

もっとも、これで万事解決とはいかない。

なんと『どきエデ』王太子ルートだと、過去のしきたりをぶっ壊して芋女《いもおんな》が王妃になってしまうのだから。

そうなるのは王太子妃になるはずだった私が断罪されて、その座が空席になったから。芋女《いもおんな》は陛下をはじめとした方々には、渋々認められたにすぎない。

じゃあ婚約破棄される前にビビアナを挿《す》げ替《か》えたら？

排除する悪役令嬢を失って、王太子の婚約者の席には芋女《いもおんな》と仲の良いビビアナが座っている。私みたいに揚げ足を取られる真似をしでかさない限り、王妃の冠《かんむり》はビビアナのものになるでしょうね。

……なーんてもっともらしく理由を出したけれど、一番の動機はビビアナへの嫌がらせよ。

今までビビアナは芋女《いもおんな》とアルフォンソ様の傍《そば》に寄り添って、私の愚痴を漏らしていれば良かったんでしょう。ところが今度は自分が芋女《いもおんな》にとっての邪魔者になるんだ。どう転ぶかは実に見物《みもの》よ。

「考え直す気は？　アレクサンドラに落ち度があったと見なされて、今後の婚姻が結びづらくなるぞ」

「ございません。それがアルフォンソ様と私、お互いのためですので」

お父様はしばらく呻《うな》った後押し黙り、やがて静かに頷《うなず》かれた。

「……分かった。今まで苦労をかけたね」

「あなた！　アレクサンドラは……！」

「いや、いいんだ。殿下の御心《みこころ》はもうアレクサンドラから離れてしまっている。これ以上そのままにしておけばお互いが憎しみ合い、やがては刃《やいば》を向け合いかねない。確かに我が公爵家の評判は多少落ちるかもしれない。それでも……悲劇が起こるよりはまだいい」

その決断にお母様が我慢できなくなって声を張りあげたけれど、お父様の決意は固かった。お母様ももう変えられないと悟《さと》ったのか、がっくり肩を落とす。

……ごめんなさいお父様、お母様。不肖の娘で。

「陛下には近いうちに申し出るとしよう」

「いえ、それには及びません。明日私が登城して謁見《えっけん》を賜《たまわ》り、直接願い出ようと考えています。王妃様も分かってくださるでしょう」

女の子に恵まれなかった王妃様は、私を実の娘のように可愛がってくれる。そんな私が、アルフォンソ様の仕打ちによって憔悴《しょうすい》する様《さま》は王妃様にとって衝撃だったらしく、心身ともに大いに迷惑をかけてしまった。

きっと王妃様なら私の決断を分かってくださる……って信じたい。

私はビビアナの方に振り向いた。彼女はまさかの展開に追いつけていないみたいでしきりに何かを呟《つぶや》いている。

まあ認めようが認めまいが、これから彼女の身に降りかかる運命とやらは容赦《ようしゃ》なんてしないでしょうよ。

「ビビアナ」

「……っ⁉　な、何よ？」

私が取ってつけたような朗《ほが》らかな笑みと眼差《まなざ》しを向けて語りかけると、彼女は面白いぐらいにびくつきながら虚勢《きょせい》を張る。

「私では駄目だったけれど、貴女《あなた》ならきっとアルフォンソ様の力になれるわ。どうかよろしくお願いね」

「私が、殿下の……」

できる限り優しく言葉を送ったけれど、内心では嘲笑《ちょうしょう》を浮かべていた。

ふっ、せいぜい芋女《いもおんな》への対応で悩むが良いわ。

これで大きな厄介払いが済んで私はもう気分爽快《そうかい》よ。

□前日二十時半

「――お姉様、一体どういうつもりなの？」

「……もう夜なのに、いきなり部屋に入ってくるなり言うのがそれ？」

晩餐《ばんさん》を終えて部屋に戻った私は、明日の朝方に国王陛下と王妃様への謁見《えっけん》を願い出るべく手紙をしたためていた。

いくらアルフォンソ様の婚約者だからといって、おいそれとお会いできる方ではないので、重大な用件なんだと大袈裟《おおげさ》に書いている。

封蝋《ふうろう》でぎゅ、ぽんと封をしてセナイダに手渡し、公爵家の馬車を使ってもいいので王宮に今すぐ行ってきなさいと命じた。それから別の用事もあるので帰りがけに寄り道してこいとも。とある所への先触れってやつね。

そして、セナイダを見送って一息ついた頃だ。ビビアナが私の部屋に突入してきたのは。

渋々招き入れた途端、我が妹は真っ先に私を疑ってきましたよ。

「どうして王太子殿下の婚約者の座を降りるの？」

「理由はさっき説明したでしょう。私はもうあの方の隣に相応《ふさわ》しくなくなってしまったからよ」

「嘘よ。お姉様がそんな潔《いさぎよ》く身を退《ひ》くなんて信じられない。あれだけルシアに嫌がらせをして散々、王太子殿下に迷惑をかけてきたじゃないの」

「時期が時期だからもう時間がないのよ。分かるでしょう？」

『どきエデ』の舞台になるのは、タラコネンシス王国中の貴族の子息や令嬢が集《つど》う王立学園。子供が大人になりかけの時期に、親族や教育係から学ぶ以外の幅広い知識を身に付けるために設立された場所だ。学園を卒業すれば大人の仲間入り、それが王国での認識。婚約から婚姻へ進むのもその時期ね。

そして、アルフォンソ様方攻略対象者のほとんどは、最上級生。婚約破棄騒動は明日開かれる卒業を間近に控えた最後の学園交流会で行われる。

つまり令嬢がアルフォンソ様の婚約者でいられるのもあと少し。アルフォンソ様が学園を卒業されれば正式に婚姻となり、婚約者は王太子妃の座に収まるってわけ。

なら私が自分から身を退《ひ》くことは、もうこの時期にしか許されない。分かるでしょう？

まあ、本音を言うと『どきエデ』の婚約破棄騒動前に役を放棄したいだけなんだけれど。そうすれば、断罪の大義名分が失われる。

「ビビアナだって私に言っていたじゃないの。お姉様は王太子殿下の婚約者に相応《ふさわ》しくない、ってね。喜びなさい、貴女《あなた》の願いはもうじき叶うわ」

「だから、何を企《たくら》んでいるの？　お姉様はアレだけ王太子殿下のことばかりだったじゃないの。気が変わったなんて、お姉様に限って絶対にないわ。殊勝《しゅしょう》な心がけ？　あり得ないわね」

「ビビアナがなんと思おうと私は辞退を申し出る。事実があれば過程なんてどうでもいいじゃないの。それとも自分が私の代わりになるのは不満？」

「……っ。いえ、別にそうは言っては……」

悪役令嬢アレクサンドラの妹ビビアナはヒロインの芋女《いもおんな》と同級生。初めは身分の差が二人を隔《へだ》てていたけれど、『どきエデ』後半でのビビアナはヒロインの友達、良き理解者になる。真実の愛を古いしきたりが阻《はば》むのなら飛び越えるまで、って考えに賛同していたわよね。

「アルフォンソ様があの芋女《いもおんな》とどうしようがもう私には関係ないし、百歩譲ってあの芋女《いもおんな》が王太子妃になったって構わない。けれど王家の血筋は三大公爵との結びつきで残さなければいけないのよ。それが三大公爵家に生まれた娘に課せられる第一の使命。忘れたとは言わせないわ」

「それくらい、分かっているわよ……っ」

「ならこの私を蹴落とした代償は自分で払いなさい。それともビビアナは、この家の評判に泥を塗るつもり？　王太子の婚約者を断罪したあげくにその役目を放棄して、あまつさえ王家に俗物の血を混ぜ込んだ、ってね」

「わ、私はそんなつもりじゃあ……！」

「そんなつもりでしょうよ！　アンタ達がしようとしているのはッ！」

だんっ、と大きな音が出た。

いけない、やっちゃったわね。思わずテーブルを思いっきり叩《たた》いちゃったじゃないの。

癇癪《かんしゃく》で芋女《いもおんな》を驚かせたとかアルフォンソ様に難癖つけられたこともあったのに、私ったら懲《こ》りない女ね。

「いい？　アンタ達が何を企《たくら》んでいるかは、この際問わないわ。けれどお父様が私一人に責任をなすり付けたとしても、限度があるのよ。アルフォンソ様におとりなししていただく？　末代まで返せない、山よりも高い借りになりそうね」

「……っ。だから、代わりに私に最低限の役目を果たせって？」

「アンタが散々あの芋女《いもおんな》達を焚《た》きつけたんだから当然でしょう？　嫌なら私が他の公爵家のご令嬢に泣いて代役をお願いしたっていいのよ」

「それは……！」

ちなみに王妃になる三大公爵家の娘に順番はない。三代続けて同じ家から輩出されたこともある。

現代の王妃様も王太后様も、うち出身じゃない。

うちからの王妃の誕生は久しぶりで、私がアルフォンソ様の婚約者と決まった時、お父様はご先祖様のお墓の前で泣いてご報告なさったんだとか。

ビビアナ、アンタは芋女《いもおんな》の真実の愛とやらが成就《じょうじゅ》すれば良かったんでしょうね。でも私は多くの期待を背負っているわ。それを肩代わりして責務を果たすくらいやってもらわないと。

貴女《あなた》は公爵令嬢なんだから――――！

「何をためらっているの？　ビビアナは次に繋がる子を産めばいい。夜の営《いとな》みなんて愛がなくたってできるでしょうよ」

「でも、それじゃあ私がルシアを裏切るみたいじゃないの！」

「アンタの個人的感情なんて知ったことじゃないわ。まだ分からないようだからハッキリと言ってあげる」

私は椅子から立ち上がってビビアナを指差す。それで軽く迫ったものだから、気圧《けお》された妹は悲鳴をあげて一歩後ろに退《しりぞ》いた。

ふっ、この程度でビビるなんてまだまだね。

「アンタは三大公爵家の娘でアルフォンソ様は王太子！　その前提が覆《くつがえ》らない限り、この宿命からは逃《のが》れられないわよ！」

そう、これが現実。どんな理想論を唱えたって、貴族たる者、伝統は守っていかなきゃ駄目よ。

「だったら……ルシアを三大公爵家のどこかの養子にしたらどう？」

ビビアナは我が妹ながら浅知恵を絞って反論してきた。

「血筋の話であって身分の問題じゃないでしょうよ。それが分からないビビアナでもないと思っていたけれど？」

「ルシアと添《そ》い遂《と》げたいって願う王太子殿下のお気持ちを蔑《ないがし》ろにしろって？」

「別にいいのよ。アルフォンソ様が生涯あの芋女《いもおんな》と添《そ》い遂《と》げて、他の女性は抱きませんって公言したって。けれど、国王陛下や三大公爵家の当主、多勢の貴族たちが芋女《いもおんな》の子を次の王だって認めると思っているの？」

「……っ⁉」

ったく、ここまで頭が回らないなんて。

この国において王権は絶対ではない。王太子のアルフォンソ様が白だって言えば黒も白になるとばかり考えていたら大間違いよ。

芋女《いもおんな》が王妃になっても、彼女が生んだ男子に王位継承権は発生しないわ。アルフォンソ様が独裁政治を成して三大公爵家や先王を無視してしきたりを変えるなら話は別だけれど、そこまですれば三大公爵家を筆頭とする貴族から酷《ひど》く反発されるでしょうね。

「アルフォンソ様には弟君が二人いらっしゃる。そのどちらかが三大公爵家の娘を妻に迎えて子を生《な》せば、継承権はそちらに移る。アルフォンソ様や芋女《いもおんな》がどう考えていようが、そうなるのがこの王国の正当な王位継承よ」

「私を脅す気……⁉　私が王太子殿下とルシアとの恋の邪魔をしないと、悲惨な未来が待っているって！」

「あら、私言ったわよね。前提が覆《くつがえ》らないとそうなるって。ビビアナが二人を説得してその前提をひっくり返すって手もあるわよ」

「前提、ですって？」

ええそうよ。貴女《あなた》も察しが付いているでしょう？

大体ここまで大事になるのは、私が公爵令嬢でアルフォンソ様が王太子で、かつ芋女《いもおんな》が男爵令嬢風情《ふぜい》だから。身分だとか血統が問題なら、そんなものはかなぐり捨ててしまえばいい。はい、万事解決、と。

「アルフォンソ様が王太子の座を返上して、一介の王族になればいいわ。これで芋女《いもおんな》を妻にしようがうるさい連中も黙るでしょうよ」

「な……んですって……!?」

「あら、どうして驚くの？　アルフォンソ様は身分なんて関係ない本当の愛とやらに目覚めたんでしょう？　どう足掻《あが》いても王太子の座が愛の邪魔になるなら、それを捨てることも厭《いと》わないと思うのだけれど？」

「それ、は……」

あら意外。ビビアナったら薄々《うすうす》は勘付いていたのね。認めたくないだけで。

芋女《いもおんな》は逆ハーまで達成しようとする女よ。そんな彼女が王太子でなくなったアルフォンソ様と添《そ》い遂《と》げたいと思う？

彼女が見ているのは『どきエデ』の王太子であって、一個人のアルフォンソ様でも王太子って身分でもない。

ずれが生じれば恋焦がれる気持ちも冷める。その類《たぐい》ね。

「お嬢様、出立《しゅったつ》の準備が整いました」

「ご苦労様、セナイダ」

ビビアナが言葉に詰《つ》まってしばしの沈黙が部屋を支配した後、用事を済ませたセナイダが戻ってくる。音を立てずに部屋に入ると一礼し、報告を述べた。

私はイシドロに売り払わなかった上着を肩にかけて部屋の出口へ足を進める。

ビビアナは私が部屋を出るまで黙って俯《うつむ》いたままだった。

□前日二十一時

町はそろそろ寝静まる時刻になった。

私は友人のもとへ馬車を走らせた。

セナイダに先触れを出してもらっていたので、友人は私を若干迷惑がりながらも受け入れてくれる。応接室に通されるかと思ったら彼女の私室まで案内された。

「驚きましたわ……。まさかアレクサンドラ様がこんな時間にこのわたくしをお訪ねになるなんて」

「カロリーナ様。こんな夜遅くの訪問にも拘《かか》わらず応対していただき、誠にありがとうございます」

「いえ、火急の用事と伺いましたので今夜は特別ですわ。さあ、まだ外は寒いでしょうし早く中へお入りくださいませ」

公爵令嬢カロリーナ。三大公爵家の一つに生を享《う》け、現王妃マリアネア様の姪《めい》にあたる。私と同じ年なので、もしかしたらアルフォンソ様の婚約者はこのカロリーナ様だったかもと言われていた。実際、僅差だったと後から聞いている。

私はそんなカロリーナと友人関係を築いていた。

人によっては悪友とか好敵手だって表現もするんでしょう。とにかく、他の貴族令嬢が私を敬ったり讃《たた》えたりする中で、彼女は唯一対等に接してくれる。なので気さくな仲でもあるわ。

彼女は侍女に命じて私に温かい飲み物を用意してくれた。それを一口だけ飲んで、私はカロリーナを見据《みす》える。

「それでアレクサンドラ様、とうとうこのわたくしに王太子殿下の婚約者の座を譲り渡す気になりましたの？」

「それも一つの手ではないかと考えています」

「ちょっと、本気で言っていますの？」

「ええ。悩みに悩みましたが、私は王太子様の婚約者の座から退《しりぞ》こうと思います」

私はついさっき家族に話した決意を繰り返した。

カロリーナが驚愕《きょうがく》する。それは、私がアルフォンソ様に入れ込んでいた証《あかし》だ。カロリーナ付きの侍女まで驚きを露《あら》わにしていて、それだけ今までの私の在り方が身にしみた。

「……あの女狐《めぎつね》に殿下をお譲りすると？」

「その表現では、私があの芋女《いもおんな》に屈したって聞こえますね。違います。私が殿下に愛想を尽かして見限るんです」

「ものは言い様ですわね。ですが、きっと多くの方が貴女《あなた》様を敗北者だと揶揄《やゆ》するでしょう」

「覚悟の上ですよ。最後の最後まで気高くあろうとする強さは……私にはありませんでした」

そう殊勝《しゅしょう》に述べておく。

カロリーナも私の豹変《ひょうへん》ぶりが信じられない様子で私の顔をじっくりと眺めていたものの、やがて決意は固いと受け取ったらしい。肩から力を抜いて大きくため息を漏らした。そして、座っていたソファーにもたれかかる。

「そうですのね。つまり、アレクサンドラ様に苦渋の決断をさせるほど、もう取り返しがつかなくなっていると？」

「多分、殿下は私がこれまで犯してきた罪を口実にして、婚約破棄を迫ってくるでしょう。もはや私には抗《あらが》う術《すべ》がありません」

「あり得ますわね……。あの聡明だった王太子殿下は今や女狐《めぎつね》の虜《とりこ》。王家と公爵家が取り交わした婚約の破棄がいかに問題か、判別がつかなくなっているのかもしれませんわ」

「恋は盲目《もうもく》とはよく言ったものです」

さて、私は何も友人に愚痴を漏らしに来たわけじゃない。当然、彼女もそれを分かっているらしく、黙したまま私に続きを促《うなが》してきた。

「明日私は王宮へ赴《おもむ》き、両陛下に意を伝えようと思います」

「破棄を言いわたされる前に先手を打つのですね。では明日は学園にはいらっしゃらないのですか？」

「いえ、夕方の交流会には参加します。ですが、何もカロリーナ様に私の欠席を伝えていただきたいわけではございません」

「勿論《もちろん》ですわ。その程度の用件でしたら、家の者を使いに出しなさいと追い払っていますもの」

『どきエデ』でのカロリーナの立ち位置は流動的。時にはヒロインの助けになり、時には悪役令嬢と結託《けったく》して立ちはだかる。そして、私とアルフォンソ様との諍《いさか》いには巻き込まれないよう距離を置いているキャラだ。まあ、そのせいで作中の彼女は影が薄いんだけれどさ。

だが現実では、公爵家のご令嬢だけあって彼女のもとに集《つど》う貴族令嬢の派閥は、学園内で侮《あなど》れない。私の派閥が、日々私のせいで肩身の狭い思いをしているのとは大違いなのよ。

「おそらく殿下と芋女《いもおんな》は、私が全面的に悪いように吹聴《ふいちょう》するものと想定しています。カロリーナ様には、どうか私が一方的に悪いといった雰囲気となるのを防いでいただきたいのです」

よってカロリーナにしてほしいのは、学園内の女性陣の取りまとめよ。

「……それは、アレクサンドラ様を庇《かば》い立《だ》てしろと仰《おっしゃ》っているのですの？」

「いえ。私は私のやってしまった罪を糾弾されたら、素直に認めるつもりです。問題なのはどさくさに紛れてやっていない悪行《あくぎょう》まで、さも私の仕業だと言われかねないことです」

「あぁ。女狐《めぎつね》がアレクサンドラ様を追い落とすために罪を捏造《ねつぞう》すると？」

婚約破棄に端を発する悪役令嬢断罪イベントは、これまで悪役令嬢がしでかした悪行《あくぎょう》の数々を公《おおやけ》にするというもの。フラグ立てが充分じゃなかったり選択肢を誤ると、言い逃《のが》れをされて悪役令嬢を追い込めなくなる。

勿論《もちろん》そのほとんどが悪役令嬢の犯した罪。けれど、そんなゲームの都合上か、中には明らかに言いがかりのものも含まれていた。本当は他の貴族令嬢の仕業なのに彼女が私を慕《した》っていたからと難癖を付けられるなど、悪役に仕立て上げるためなら何でもござれなのよね。

カロリーナには中立の立場でしっかりと見ていただく。これで私が一方的に悪者扱いはされなくなるはずよ。

「あともう一つお願いしたいのが、くれぐれも私が婚約辞退を望んでいることは黙っていてほしいのです」

「その方が宜《よろ》しいですわね。あの女狐《めぎつね》が聞いてしまったら何をするか分かったものではありませんもの」

「……ありがとうございます、カロリーナ様。もはや私には貴女様《あなた》しか頼れる方がいなくて……。持つべきは、やはり心を許せる友人だと痛感いたしました」

「よしてくださいませ。いつも気高いアレクサンドラ様らしくない」

気高い？　私が？

私は自分の立場に見合った態度を取っていただけ。そうなるよう自分自身に言い聞かせていただけだ。

本当の私は……どうなんだろう？　アルフォンソ様と対峙して、その後の私はどうなるの？　どうすればいいの？

「……ところでアレクサンドラ様、少し弱音を吐いてしまっても構いませんか？」

「えっ？　ええ、勿論《もちろん》です。私でよろしければ」

物思いにふけっていたところに、カロリーナ様は深刻な顔で私を見つめてきた。思わず私は固唾《かたず》を呑み込む。

「あの女狐《めぎつね》、ルシアについてどう思われますの？」

「どう、とは？」

「怨《うら》みはこの際忘れてくださいまし。わたくしは貴女《あなた》様の所感をお聞きしたいですわ」

「芋女《いもおんな》の所感……」

困った。アルフォンソ様に馴れ馴れしく近づいたり名前で呼んだりする、憎悪の対象でしかなかったから彼女の人となりについて考えるなんてしなかったわね。

込み上げてくる憤怒《ふんぬ》をなんとか抑えつけて彼女について振り返ってみると――

「……正直、恐ろしい洞察力と先見の明を持つ方と評する他ありません」

芋女《いもおんな》は、アルフォンソ様を始めとした攻略対象者たちの全てを知っていた。

そりゃあ攻略チャート通りに『どきエデ』を進めればそうなるでしょう。攻略本、設定集、スタッフコメント。攻略対象者の内面や好みも網羅《もうら》している書物が出ているし、やろうと思えば彼らが理想とする女性として振る舞える。

けれど、それは私がわたしって神の視点を得たから言えること。

嫉妬《しっと》で目がくらんでいた私には気付けなかった異質さが、そこにはある。

アルフォンソ様の悩み、バルタサル様の弱み、ロベルト様の負い目、等々。彼女は巧《たく》みにあの方々の心の奥へ入り込み、彼らの望む言葉を紡《つむ》いだわ。決して驕《おご》らず、欲張らず、人の想いを大事にしていく。魑魅魍魎《ちみもうりょう》ばかりの貴族令嬢に囲まれていた殿方は、彼女の純粋さに魅せられていったのでしょう。

「本当に、アレクサンドラ様の仰《おっしゃ》る通りです。彼女は一体何者なんですの？　殿方を次々と虜《とりこ》にするなんて、異常ですわ」

王太子に将軍嫡男に宰相嫡男に大商人子息に王弟……

芋女《いもおんな》の魅力に取りつかれた殿方は攻略対象者だけでもかなりの数になる。彼女は『どきエデ』ヒロイン特有の魅力である無味無臭さを崩さないようにしていたし、隠れて慕《した》う者はもっと多いでしょうね。

何故《なぜ》あんな貧乏娘が殿方に好意を抱かれる？　身のほどを知れ……！

それが、私を筆頭とした貴族令嬢の憎悪。

しかし同時に、どうしてあの芋女《いもおんな》が愛を囁《ささや》かれるのか疑問にも思っていた。それだけ逆ハーレムは異常な光景だったから。

「カロリーナ様は芋女《いもおんな》を女狐《めぎつね》、と呼んでいましたが、この言葉の由来は知っていますか？」

「いえ、そう深く考えたことは……」

「昔々、はるか東方にて狐《きつね》の悪魔が絶世の美女に化けて皇帝を誘惑し、あらゆる欲望に溺《おぼ》れさせたそうですよ。当然国は傾いたあげくに滅亡したのです。だから、傾国《けいこく》の女、とも言いかえられると聞いたことがありますわ」

「傾国《けいこく》の女……」

嘘八百よ。

『どきエデ』の東方世界に本当にそんな話があるかなんて、勿論《もちろん》知らない。カロリーナはおそらくゲームシナリオ通りにこの言葉を使っているだけだ。ただ、王国の未来を担《にな》う人材を虜《とりこ》にする芋《いも》女《おんな》が国を傾《かたむ》かせかねないのは事実。

これで芋女《いもおんな》がこれまで通り人の全てを把握したような賢人でい続けられるならいいけれど、所詮彼女は『どきエデ』攻略サイト頼み。一年もたたないうちに化けの皮がはがれるでしょう。

それはそれであの芋女《いもおんな》を追い落とす口実にはなるものの、そこまで行ってからでは遅い。

「アレクサンドラ様。わたくしは貴女《あなた》様にお味方いたします。これ以上女狐《めぎつね》の好きにはさせませんわ」

カロリーナに危機感を抱かせるには充分効果があったようね。

「ええ、どうもありがとうございます。このご恩は必ずお返しいたしますわ」

「何を仰《おっしゃ》いますの。わたくしとアレクサンドラ様の仲ではありませんか」

私が会釈《えしゃく》し、カロリーナが微笑《ほほえ》む。

打算で友情まで利用する私には、カロリーナが行動してくれる理由が本当に私を思ってのことなのかは、分からなかった。
□前日二十二時

自室に戻ってきた私は一息入れてから現在の状況の整理、この夜やるべきことを列挙していった。一心不乱に書《か》き綴《つづ》ったせいで手がインクで少し汚れたものの、全く気にならない。項目が多くて、思った以上に時間がかかっちゃったけれど。

テーブル周りの灯りだけをつけていたから部屋の中は薄暗い。こんなに目を酷使していたらすぐに眼鏡が手放せない生活になってしまうわ。

いつもこの時間にはベッドに入っていたので、正直眠くてうつらうつら船を漕《こ》いでしまう。

「お嬢様。もう夜も遅くなっています。明日に響きますからどうかお休みください」

半分ほど夢の世界へ旅立つ準備が整った辺りで不意に声をかけられた。

私を現実世界に引き戻したのは侍女のセナイダだ。

「そうね。お風呂の準備をしてきてもらえる？」

「畏《かしこ》まりました」

はるか昔にこの大陸を統一していた大帝国時代の名残《なごり》として、この王国には入浴の風習が残っている。一般市民は大浴場に足を運んで、裕福な家は個人用の風呂場をこしらえて。家にトイレもなく街中糞尿だらけな隣国とは違うのよ。

「整いましてございます」

もう今日はやることがなくなって本を読んでみたものの、内容が全く頭の中に入ってこなかった。退屈で欠伸《あくび》を噛み殺していたらようやくセナイダが戻ってくる。

私はセナイダを引き連れて浴室へ向かう。さすがに夜だけあって昼間は賑やかな館内も、静寂に包まれていた。

「ではわたしはここで待機しております。何かありましたらお呼びかけください」

「ちょっと、広い浴場で一人きりにするつもり？　セナイダも付き合いなさい」

「えっ？　いえ、しかし……」

「髪を洗って背中を流して。いいでしょう？」

「……畏《かしこ》まりました。お供《とも》いたします」

いやーさすがに、こんなだだっぴろい空間で一人きりになるほどの度胸はないわ。

こんな時間にお湯を沸かし直すとかの手間を考えると、濡《ぬ》れ手拭《てぬぐ》いで身体を浄《きよ》めて終わりでいいでしょうに。入浴したいって欲求の出所は間違いなくわたしね。忌々《いまいま》しい。

浴場はセナイダの準備のおかげか温かかった。どうやら張られたお湯もちょうどいい温度のようだし。

これを私一人のために整えたんだと考えると凄《すご》く贅沢《ぜいたく》した気分よ。優越感に浸《ひた》れるわ。湯を沸かし直す薪《まき》だけでどれだけ浪費したのかしらね？

「ねえ、セナイダ」

「はい、お嬢様」

「私って綺麗だと思う？」

「お美しゅうございます」

「お世辞を抜きにしても？」

「勿論《もちろん》です」

大鏡の前に映るのは自分の裸体だ。

『どきエデ』で素朴な美少女って設定のヒロインを際立たせるために悪役令嬢――つまり私は、誰もが羨《うらや》む美しい外見だった。

胸と尻は豊満ではっきりとくびれがあり、肌はシミ一つもない。容姿端麗《ようしたんれい》。眼差《まなざ》しを向けるだけで殿方を惹《ひ》きつけ、微笑《ほほえ》めば虜《とりこ》にする。

自他ともに認める絶世の美女、それが私。

けれど、この絹《きぬ》のような肌も宝玉《ほうぎょく》のような瞳も小麦畑のような黄金の髪も、結局アルフォンソ様のお心を掴み続けるのに至らなかった。

心の醜《みにく》さのせい？　接し方がいけなかったの？　気安さがなかったから？

結局、わたしの知識を得た今でも私の何がいけなかったかは分からない……

「恋って思い通りにならないのね」

「そうですね、お嬢様」

「セナイダは付き合っている男性っているの？」

「お嬢様のおかげで結婚資金も貯まりましたので、今度のお休みにでも思いを遂《と》げようと考えています」

「嘘⁉　私を差し置いて幸せを掴んじゃうの⁉」

「お先に失礼いたします、お嬢様」

「ぐぅぅっ、少しは主人に遠慮ってものをぉ～！」

セナイダはまず私の髪を丹念に洗っていく。

私は髪は浴場で洗う派なんだけれど、わたしは台所で洗っていたっけ。就寝時に髪が濡《ぬ》れているのもわたしは嫌がっていた。私は濡《ぬ》れていた方が気分が良いんだけれどね。

それからセナイダは私の身体を入念に洗った。少しこそばゆかったり垢《あか》を落とすために強くこすったり。

手慣れたもので、頭からつま先まで私を磨いてくれたわ。やっぱり自分でやるのとは気持ち良さが大違いよ。

「それ貸して。次は私がセナイダを洗ってあげるわ」

「えっ？　いいえ、わたしは自分で洗いますので」

「いいから。今日はそういう気分なの。観念して付き合ってよ」

「は、はい……」

垢《あか》すりを泡立たせてセナイダを綺麗に洗っていく。

セナイダには手慣れていますねと驚かれた。

手本が良かったからよってごまかしたけれど、実際はわたしの経験があってのものね。自分でやることの素晴らしさを以前のわたしは教えてくれた。

『どきエデ』でのセナイダは所謂《いわゆる》ネームドモブで立ち絵なし。アニメ版で初めて本名が設定されたんだっけ。

正直可愛い。

体型もバランスが良いし愛嬌《あいきょう》もある。けれどそんな彼女の手は、仕事をする人の手で荒れていた。私の手と違って……

身体を綺麗にしたらいざ入浴。はああ、生き返るわ～。

「お嬢様、恥ずかしくなるので大声を出さないでください……」

「いいじゃないの。私達二人しかいないんだし」

「それもそうですが……」

ちょうどいい湯加減だから、ずっと入っていられそうね。

「──お嬢様。そろそろ教えていただいてもよろしいでしょうか？」

「教える？　何を？」

「今日のお嬢様は明らかにおかしいです。一体何があったんですか？」

そろそろ上がろうかと思った時だった。セナイダから核心を突かれたのは。

買収したセナイダが裏切る心配はないって信じたいものの、さてどこまで話す？　洗いざらい説明したってどうせ信じやしないでしょうし。

かと言って全て秘密にすれば、彼女の忠誠心が揺らいでしまうかもしれない。

「……天啓を得たのよ」

「天啓、ですか？」

「正確には違うかもしれない。けれど私は、これから先に何が待ち受けているのかを知ってしまったの。アルフォンソ様に突き放される未来をね」

「……っ」

だからわたしについては少しぼかした。それでも充分伝わるって信じて。

するとセナイダは悲しみに満ちた顔になる。

どうしてそんな顔をするの？

「その未来ではビビアナもヘラルドも裏切るし、お父様もお母様も私を見放すし。私が引き抜かなかったらセナイダだって私から離れていったのよ」

「……でしょうね。わたしが仕《つか》えていたのは公爵家でしたから」

「だから私は破滅の未来を回避するために懸命に足掻《あが》いているわ。だって認めたくないんだもの。これまでの自分が全部無価値だった、なんて……」

笑いがこぼれた。どうしてなのかは分からない。自然とそうなった。

「今日は夜なのに苦労をかけたわね。けれど明日も朝から忙しいから覚悟しておいて」

「勿論《もちろん》です、お嬢様」

「さあそろそろ上がらないとのぼせてしまうわ。行きましょう」

「お待ちくださいお嬢様。一つ質問が」

待ちませーん。

私は脱衣場に向かって歩み始める。セナイダは浴室内の灯りを消して回り、彼女が脱衣場に戻ってくる頃には浴場は闇に支配されていた。

自分で身体を拭こうとタオルを手にしたらセナイダに没収される。解《げ》せぬ。

「お嬢様はご自分から王太子妃になる未来を閉ざされました」

「ええ、そうね」

「それでよろしかったのですか？」

「ええ、勿論《もちろん》よ」

もう義務が伴《ともな》う愛なんて、私には無用。

相手が先に放棄したのだから、私が拘《こだわ》る必要なんてどこにもない。

嫉妬《しっと》して醜態《しゅうたい》をさらさなくたっていいのだ。いちいち芋女《いもおんな》に対して癇癪《かんしゃく》を起こすのだって馬鹿げているわ。

けれど彼女には、これまで働いた無礼の報《むく》いは受けてもらうし、私を追い落とそうとするのなら容赦《ようしゃ》はしない。

そのための手はいくつも打った。

これ以上は、誇り高き公爵家の娘である自分が自ら動かなくても、その指先一つで命じるだけで充分。今日のところは明日に備《そな》えてゆっくりくつろいで熟睡すればいいでしょう。

「……お嬢様は、殿下を愛されていたのではなかったのですか？」

「セナイダ、それ二つ目の質問なんだけれど？」

「それは失礼。ですが、いいではありませんか。この場にはお嬢様とわたししかおりませんから」

「愛していたわよ。生涯付き添う相手としてね」

「半日ほど前まであれだけ執着していたにしては随分《ずいぶん》と潔《いさぎよ》く身を引くのですね」

「許容範囲を超えたせいで急激に熱が冷めた、ってところかしら」

嘘よ。小説や劇で描写される燃えるような愛なんて私は知らない。

それでも気心知れた仲なら、打ち解け合った相手となら、一緒に暮らしていける。そんな自信があったから、これまで義務と身分を振りかざしてきた。

本当の愛とは……人に道を踏みはずさせるくらいに甘美な想いなの？

「そう、ですか。次は良縁に恵まれると良いですね」

「案外、容赦《ようしゃ》ないわね」

「その方がお嬢様の好みに合いますでしょう？」

「……違いないわ」

「もしかしたらお嬢様も運命の出会いを果たすかもしれませんよ」

そう言えば……私はふと幼い頃の記憶を思い出した。

もう穴だらけで断片的にしか覚えていないけれど、男の子と友達になったこともあるんだっけ。

一緒に遊んでいたずらをした。臆病ですぐ泣く軟弱な彼を、偉そうに叱《しか》ったりもした気がする。

彼が誰かは私は知らないし、彼も私が公爵家の娘だとは知らなかったはず。

多分、あの時が一番、三大公爵家の令嬢だとか王太子の婚約者だとかの立場に捉《とら》われていなかったと思うわ。

気楽で良かったわねと思うし、その自由さが羨《うらや》ましくもある。

あの男の子の笑顔は、もっと見たいって気にさせられたわ。

「あの、お嬢様？」

「え？　あ、ごめんなさい。少しぼーっとしちゃったわ」

どうして今、昔の光景が蘇《よみがえ》ったのかしらね？

まさかあれが、セナイダが口にした運命の出会いとやらなの？　……まさかね。

ないないと自分に言い聞かせて、私は思考を打ち切った。

■前日二十二時半　サイド　第三王子

タラコネンシス王国には三人の王子がいる。

第一王子のアルフォンソ、第二王子のグレゴリオ、そして第三王子のジェラール。もし生まれてきた時代が違っていたら、それぞれが名君となっていただろうと語られるほど優秀に成長していた。

その第三王子は今、王宮の自室から外を眺めている。

既《すで》に街の灯りも消え始めており、本格的に住民は夢の世界へ旅立っているのだろう。月明かりが世界を照らし、星空と合わせて景色を楽しめる。

だが、そんな美しい夜景とは裏腹に、ジェラールの心は深く沈んでいた。

「お義姉様《ねえさま》……」

彼が思いを馳《は》せる相手はただ一人、長兄の婚約者であるアレクサンドラだ。

ジェラールは、太陽が沈んでそう間もない時の出来事を振り返る――

「――兄様、どちらに行かれるんですか？」

「ジェラールか。明日学園で催《もよお》す行事の最後の打合せを行う」

「こんな時間にですか？」

「それだけ学園卒業生にとっては重大だからな」

ジェラールはお忍びで外出しようとするアルフォンソを待ち構えていたのだ。

まさか弟に待ち伏せされると想像もしていなかったアルフォンソはたいそう驚いたようだが、すぐに冷静さを取り戻してもっともらしい答えを告げた。

「じゃあどなたのお屋敷で打ち合わせるのか教えてもらえますか？　バルタサルさんですか？」

「学園に通ってすらいないお前には関係ない」

「ルシアさんの屋敷だったりしませんよね？」

「……何が言いたい？」

勿論《もちろん》、アルフォンソの言葉がただの嘘だと、ジェラールにだって分かった。兄の能力なら滞《とどこお》りなく明日を迎えられるはずであり、最後の追い込みに前夜まで時間を費《つい》やす必要はない。

ジェラールはアルフォンソに非難の目を向け、アルフォンソは僅《わず》かにいら立った様子で声を低くする。

「僕だって聞いているのです。兄様が最近お義姉《ねえ》様に冷たくしてるって」

「お前には関係のない話だ」

「関係あります。兄様がお義姉《ねえ》様と結婚したら僕のお姉様になるんですよ？　母様だってお義姉《ねえ》様を実の娘同然だと言って可愛がっているのに」

「私があの醜《みにく》い女と結婚だと？　想像しただけで反吐《へど》が出る……！」

あまりの兄の物言いに、ジェラールは頭に血が上る。しかし、王太子たる長兄と感情的に争うのは得策ではないと怒りを押しとどめた。

「お前はあの女の本性を知らないだけだ。アイツは猫を被《かぶ》るのだけは上手《うま》いからな」

「そんな……！　兄様の婚約者ではありませんか！」

「それがそもそも間違いだったのだ！　王家は王族と三大公爵家との血を絶やしてはならない？　そのせいで、私はあんな性悪女を娶《めと》らねばならなくなった！　妹のビビアナの方がまだ可愛げがあ

るぞ」

その言葉は王家はもとより王国の在り方、権威を真っ向から否定していることに外《ほか》ならない。しかし、幸か不幸かそれを咎《とが》める者はこの場にいなかった。いや、周りに人がいたとしても、ルシアに熱を上げている王太子の有様《ありさま》に半ばあきれて、何も口出さないだろう。

「アレクサンドラが己《おのれ》の思い通りにならないからと、ルシアに悪事を働いたことは調べがついている。あの女には私の伴侶となる資格などない！」

「だったら、父様と母様に言えば良かったではありませんか！」

「当然そのつもりだ。だが王家と公爵家が取り決めた婚約を覆《くつがえ》すには相応の大義がいる。王族たる者、国のため民のため、個人的な感情は捨て去るべきだ。王家に迎える妃《きさき》は、その座に相応《ふさわ》しい者でなければならぬだろう？　私は明日、皆の前で奴の罪を明らかにし、証明するつもりだ」

「確かにお義姉《ねえ》様にも悪いところはありますけど、行動が過激になったのはもとはと言えば兄様がルシアさんにうつつを抜かしたせいで――」

「黙れ！　愛が何たるかも知らぬお子様のお前に何が分かる！」

「……っ!?」

アルフォンソが怒鳴り声をあげたため、二人の言い争いに気付く者が何人か出始める。遠巻きに様子をうかがう者、迂回《うかい》してその場を避けようとする者と様々ではあったが、どちらにせよ目立っているには違いなかった。

「そう言えばアレクサンドラの奴はお前のことをよく可愛がっていたな」

「……。それがどうかしましたか？」

アレクサンドラは王太子妃教育を受けるために頻繁に王宮に招かれている。ジェラールがアレクサンドラと会う機会はあまりないが、実の弟のように可愛がってもらっているのは事実だ。勉強を教えてもらい、共に庭園を散策し、詩を語り合う。

聡明で気品に満ちた彼女のことをジェラールは姉同然に慕《した》い……いや、それ以上の想いを抱いていた。

「どうせ奴のことだ、私に愛想尽かされても失脚しないために保険でもかけていたんだろうな」

「なっ……!?」

だから、アルフォンソのその言葉は許せない。

兄はこう言っているのだ。アレクサンドラは保身のためにジェラールを誑《たら》し込《こ》んで味方に付けているのだ、と。第三王子に擦《す》り寄りその心を弄《もてあそ》ぶ魔女の類《たぐい》だ、自分を慕《した》うジェラールを内心では御しやすいと嘲笑《あざわら》っているのだと。

「いい加減目を覚ませ。ジェラールもあの女のしたたかさに騙《だま》されているんだ」

「……。肝に銘じておきます」

それでもジェラールは何とか怒りを耐えた。

爪が肉に食い込むほど拳《こぶし》を固く握りしめ、歯を折れそうなくらい噛む。射殺さんばかりの視線を向けないよう俯《うつむ》いて。

「では行ってくる。朝一には身支度のために戻る」

アルフォンソはジェラールが反省していると受け取ったのか、そのまま立ち去った。ジェラールは兄が姿を消してもなおその方向を睨《にら》みつける。他に誰かいたら、殺意すら迸《ほとばし》らせるジェラールに悲鳴をあげていただろう。

ジェラールは思いっきり壁を殴りつけた。拳《こぶし》が傷つき、うっすらと血がにじみ出る。癇癪《かんしゃく》を発散させて痛みを感じることで、ようやく怒りが収まり始めた。意識して深呼吸を何度か繰り返して冷静さを取り戻し、部屋に戻ったのだ。

「——兄様……籠絡《ろうらく》されているのは貴方の方なのに」

怒りに代わって実の兄に対する失望を覚えた。

ルシアに懸想《けそう》しているのはアルフォンソばかりではないと、ジェラールは耳にしている。学園では、複数名の男性が一人の少女に恋心を向けているというより、一人の女が男を侍《はべ》らせているような印象を受ける、とも。

アレクサンドラが嫉妬《しっと》でおかしくなったのは、王太子妃となる者は夫を愛さねばならないという一種の自己暗示に近いものだとジェラールは考えていた。

婚約が破棄されれば己《おのれ》に課せられた務めを果たせなかった彼女は絶望するだろう。

「なんとかしないと……けれど、どうやって……？」

アレクサンドラが悲しむ姿なんて見たくない。だからといって、自分に彼女を救えるのか？ 第三王子という肩書こそあれ、頭脳も身体能力も兄には劣っている。何よりまだ十五歳で、成熟しきっていないのが問題だ。

ジェラールはアレクサンドラが好きだった。

義姉として以上に、家族同然として以上に、一人の女性として彼女のことしか考えられない。華やかな笑顔、輝く瞳、凛々《りり》しい姿、優しい声、温かい抱擁《ほうよう》。

ずっと一緒にいられれば、と何度思ったことか。

ジェラールはアレクサンドラと初めて出会った日から、意味がないのに彼女に相応《ふさわ》しくなろうと必死になって努力を重ねてきたのだ。兄達や両親からは背伸びだと笑われたが、手を抜いた日はない。好意だけでは相手を幸せにできない、守れないから。

『公爵令嬢アレクサンドラは婚約破棄された上で破滅します』

そんな、予言とも中傷とも取れる手紙を受け取ったのはおよそ一年前。その頃は、兄と未来の義姉の付き合いは順調に進んでいたため一笑に付したのに。

そう、ルシアが現れてから全てがおかしくなった。

手紙の送り主はいまだ分からない。丸みを帯《お》びた可愛らしい癖のある筆跡は見た覚えがなく、知っていることを教えてもらおうと調査させたもののたどり着けなかった。

そうこうしている内に、段々と兄達の関係が険悪になり手紙の内容が現実味を帯《お》びてきて恐れと焦《あせ》りを感じている。

そして今日、再び手紙は届けられた。

『王太子アルフォンソと男爵令嬢ルシアは今宵《こよい》結ばれます』

これがアルフォンソを問《と》い質《ただ》した本当の理由。

ジェラールは、兄がこれから手紙が教えてくれたおぞましい所業を行うと確信していた。

「駄目だ、兄様はお義姉様《ねえ》……いや、アレクサンドラを不幸にしかしない」

アレクサンドラは確かにルシアに多少の害を為《な》した。しかし先に裏切ったのはアルフォンソの方ではないか。

もはやアレクサンドラを悲しませるだけの兄は敵でしかない。兄が大義を掲げてアレクサンドラを排除しようとするなら、それに倣《なら》って策を弄《ろう》する。

「アレクサンドラ、僕が守るから」

考えがまとまったジェラールは席を立ち、部屋を後にした。

彼が踏み出したのは物語の脚本から外れた道への第一歩。少年だと侮《あなど》られた王子は恋する女性を守る男性へと成長しようとしていた――

□前日二十三時

「――それではわたしは別室にて仮眠を取ります。何かありましたらお呼びください」

「ありがとうセナイダ。おやすみなさい」

「はい、おやすみなさい」

セナイダは優雅に一礼してから部屋を後にした。私は重いまぶたをなんとか開きながら、ベッドにもぐり込む。

……色々と考え込んでしまったので眠れないままかなと覚悟していたのに、思ったよりはいい感じに寝られそうね。今日打てる手は打ったし。

じゃあおやすみなさい。明日も頑張らないと。

■前日二十三時半　サイド　仕事人A

彼――仮にパンチョと呼ぼう。パンチョは酒場で飲み明かしているところを大商人イシドロの商会に火急の用事だと呼び出された。

折角《せっかく》いい気分でいたのに台なしだと、彼は羽振《はぶ》りのいい雇い主に文句を並べたが、肥《こ》え太った大商人は笑って仕事をパンチョに提示する。

「なんだ、これ？　男爵令嬢の寝室の様子を一晩細かく記録してこい？」

「うむ。依頼人より男爵家の屋敷の大雑把な間取りを情報として提供されておる。できるな？」

「そりゃまあできるけどよ。報酬が高すぎねえか？」

パンチョが普段引き受ける仕事は、ただの浮気調査から潜入調査まで幅広い。しかし、そのどの仕事と比較しても、今、大商人から提示された金額は飛び抜けていた。それこそ貴金属の一つや二つは売り払わない限り用意できないほどに。

「余計な詮索は好まれないぞ。ただ、そうだな……口止め料込みとだけ言っておこう」

「……ヤバいモンの調査ならごめんだぞ」

「ほっほっほ。むしろお前さんの大好物だぞ。ほれ、これが前金だ」

イシドロは大きく膨《ふく》れ上がった布袋をテーブルの上に置く。じゃらっ、と景気のいい音が静かな室内に鳴り響く。

口を縛った紐《ひも》をほどいて恐る恐る中を確認したパンチョの視界に飛び込んできたのは、輝かんばかりに埋め尽くされた金貨だ。

「マジか！　よほど大きな仕事みてえだな……」

「ほれ、すぐにでも行ってくるが良いぞ。何せ既《すで》に始まっているかもしれぬからなぁ」

イシドロに送り出されたパンチョは、早速準備を整えて男爵邸へ向かった。

有力貴族にもなると夜間でも見回りがいるものだが、貧乏貴族の暮らしぶりなど一般庶民に毛が生えた程度。むしろ社交界という公《おおやけ》の場で見栄を張らなければならない分、家計は苦しい。指定された男爵邸の敷地内には、拍子抜けするほど簡単に侵入できた。

彼は辺りを警戒しつつ、かぎ爪を二階の手摺《てすり》に引っかけて縄を上る。バルコニーに下り立つと手《て》摺《すり》を踏み台に屋根に上り、屋根裏部屋の窓に格子状にはめられた硝子《がらす》を一枚外した。手を入れて鍵をあけ、容易《たやす》く屋敷内への侵入に成功する。

訓練したパンチョにとっては、月明かりすらない暗闇の中でも昼間と見え方はさほど変わりない。彼は悠々と音を立てずに進んでいき、屋根裏の床板を外して階下を眺めた。眼下に見えるのは、目的とする男爵令嬢の寝室だ。

（すげえな。屋敷の設計者から情報を締め上げたのかって思うほど、下調べができてるじゃねえか。ここまでお膳立てされてると、逆に不安になってくんな）

そこで行われていたのは、確かにパンチョ好みのものだった。

二人の男女が生まれたままの姿となり、互いを貪《むさぼ》り合っている。

（うはっ、マジかよ！　こんなん見られて金貰《もら》えるとか最高じゃねえか！）

そう心の中で大声を張り上げながら、にやけが止まらない。

女が艶《つや》のある声を出しつつ愛を囁《ささや》けば、男がうめき声を発しながら愛《いと》おしそうに答える。そこに身分の隔《へだ》たりなど存在しない。二人は自分達の愛の世界に沈み、想い合う者とその情熱を確かめ合っている。

（ああ、いかんいかん。仕事仕事）

役得とは言え、今回の依頼は出歯亀ではなく調査。

パンチョは男女が何を呟《つぶや》いてどんな体勢になっていたかを事細《ことこま》かに記《しる》していく。

部屋にあるベッドは家計に苦しい男爵邸らしく天蓋《てんがい》なしのもの。激しい行為のせいか上掛けが剥《は》がれ、男女がどんな表情をしているかはっきりと目撃できた。

女の方はこの部屋の持ち主である男爵令嬢、名をルシア。

彼女の評判についてはパンチョの耳にも入っている。

曰《いわ》く、王太子をはじめとする殿方を誘惑して自分の虜《とりこ》にする魔性の女。曰《いわ》く、高貴だが高慢な令嬢にいびり倒され王太子様方に守られる悲劇の令嬢。

相反する二つの意見に全然違うじゃねえかと内心で突っ込みを入れたなと、パンチョは苦笑した。

(あの嬢ちゃんの夜の営《いとな》みを調べ上げて、一体何に活用するつもりなんだ?)

彼は依頼の目的を推測しようとして、やめた。

ルシアに不快感を示す者が少なくないことをパンチョは聞いている。余計なことに足を突っ込んで、社交界の闇に引き込まれたらたまらない。

後で事実を知って、酒の肴《さかな》にするだけだ。

それにしても二人の男女は衰える様子がなかった。激しさの波はあるものの休むことなく互いに絡み合っている。

おかげで用意した羊皮紙《ようひし》に記《しる》す文字を小さめに変更した上に裏面まで使う破目になった。パンチョは内心で舌打ちする。

やがて令嬢の方がベッドの側にあった袖机《そでづくえ》に置かれた水を男性に差し出す。男性が呷《あお》るようにそれを飲み干すと、再びやる気が滾《たぎ》ったのか、二人は見つめ合う情緒もなくただ抱きしめあった。

盛んだねえ、などとパンチョは苦笑しながら更に筆を進める。

体勢が変わって男性があおむけになる。そこでようやくパンチョは男性の顔を見た。

彼がイシドロから受けた説明は、あくまで男爵令嬢が何をしていたかの調査。男性と褥《しとね》を共にするだろうという下種《げす》な勘繰りはしていたものの、その相手までは完全に予想外だ。

(お、王太子だって……!?)

何しろ、いずれ王国の未来を担《にな》う王太子だったのだから。

噂《うわさ》はあった。婚約関係にあった王太子と公爵令嬢の仲は段々と冷めてきていると。そして王太子はどこの馬の骨とも知れぬ凡庸な令嬢に現《うつつ》を抜かしていると。

それが身分差を超えた真実の愛だったとしても、王太子の立場で許されるかはまた別の話だ。表向きは妾《めかけ》にする程度に取《と》り繕《つくろ》い、裏では心の底から寵愛《ちょうあい》するのだろうか？

（しっかし勿体《もったい》ねえ。この情報は絶対、金のなる木になったのによ）

王太子と男爵令嬢の逢引きともなれば、その情報を欲しがる者が多くいることは想像に難くない。王太子を退《しりぞ》けて弟の第二王子に継がせたいと目論《もくろ》む貴族。王太子の失態をもみ消そうとする宮殿の文官達。王太子を責める材料として、公爵にちらつかせるのも良い。

とは言え勿論《もちろん》パンチョに情報を横流しする気はなかった。仕事人としての信頼を失うわけにはいかないし、何より大商人イシドロや依頼人からの報復は受けたくない。

思い返せば、桁違《けたちが》いな報酬に含まれているとされた口止め料。それは目先の利益に惑わされないようにとの意図も含まれていたのか、と納得する。同時に、こうした場面に遭遇すると分かった上での依頼だとしたら、その動機も透《す》けて見えた。

としたら、今回の仕事の依頼人は――

（いかんいかん。また悪い癖が出たな）

パンチョは雑念を振り払って自分の仕事に専念する。

彼の眼前では二人の男女が飽きもせずに抱き合っていた。様子を眺めるパンチョには全く気付かず、王太子と男爵令嬢は自分を愛する相手だけを瞳に映し続けている。男が欲望を吐き出して女が愛を受け止める。そして二人して何度も同じ台詞《せりふ》で愛を囁《ささや》き合《あ》う。

（……いつ終わるんだ、こりゃ？）

ご褒美だと思っていた仕事が段々と拷問に様変《さまが》わりする。

パンチョは果てしなく思える夜の行為にうんざりする気持ちを振り払いつつ、ただ心を無にして記録を書《か》き綴《つづ》り続けた。

■当日零時　サイド　ヒロイン

わたしの愛しのルシアについて語るとしましょう。

ルシアが生まれた男爵家は、お世辞にも裕福とは言えませんでした。むしろ一般庶民に毛が生えた程度でしかないのに貴族としての義務を果たすために無駄な支出が多い分、庶民より貧乏だったと言い切れます。

けれど、金で幸福が買えるとは限らないのと同じで、お金がなくとも工夫次第で人生を薔薇色《ばらいろ》にできるものです。

少なくとも幼少期のルシアは自分が不幸だとは思っていなかったし、親や使用人に愛されている自分は幸せだと言っていました。

そんなルシアは……ある日突然、変貌《へんぼう》したのです。

いえ、正しくはその日を境《さかい》にルシアはルシアでなくなった、と表現すべきでしょうか。

彼女は物凄《ものすご》い熱を出して数日間寝込み、生死をさまよったのです。彼女の両親は必死になって看病しながら神に祈りました。どうか娘をお助けください、って。

そのかいもあってルシアは奇蹟的に助かったのですが、多分それは決して両親が望んだものではなかったに違いありません。

「あたしはね、実は転生者だったの！」

回復してからしばらく経ったある日、突然ルシアはわたしにそう教えてくれました。

熱を出して倒れる直前、突如ルシアの頭に彼女の何倍も生きた人物の記憶と経験が押し込まれたらしいのです。

膨大な情報量を処理しきれなかったルシアは高熱を出して生死の境《さかい》に立ちました。

転生者。聞き慣れない単語でした。

頭があまり良くないわたしは、理解できるまで何度もルシアに説明してもらったものです。頭が悪いと呆《あき》れられながらも、やっとの思いでルシアの身に起きた現象を把握しました。

ルシアは、転生者に乗っ取られたのです。

「強い自我が確立してたら、前世になんて侵蝕《しんしょく》されなかったんでしょうね。けれどこれまでのわたしって、たった数年しか生きてないじゃないの」

まだ成長しきっていなかったルシアにとって、自分より長く生きた者の人生はあまりに重すぎました。ルシアの思いも考え方も全て前世とやらに塗り潰されてしまったのです。

転生者にとって、男爵令嬢ルシアは前世からの延長線上でしかありません。

「けれどまさか『どきエデ』の世界に転生するなんてね。しかもあたしって、もしかしなくてもヒロインのルシアだったりする？　乙女ゲーの主人公に異世界転生するなんて素敵！」

わたしの混乱を他所《よそ》に、ルシアは到底理解の及ばない発言を次々と並べました。いちいち意味を聞くたびにルシアの機嫌が悪くなるから大変です。

けれどその苦労のかいもあって、何とか理解できました。

ルシアはここことは違う世界で女子大生というものだったようです。女子大生とはこちらで言う王国最高峰の教育機関である学園の生徒みたいなものでしょうと、自分を納得させました。ただし、彼女の前世の世界はこちらの世界よりはるかに学問が発展していて、魔法みたいな科学が発達しているんだとか。

その世界で『どきエデ』は小説や劇みたいな作品で、なんとこの世界を舞台にしているんだそうです。更に、これはにわかには信じられないのですが、ルシアが主人公でやんごとなき方達と恋に落ちる恋愛ものなんだと言うのです。

「『どきエデ』こそ、あたしの人生だったわ」

とはルシアの弁。

それほど彼女は『どきエデ』に没頭したんだと熱く語っていました。

ルシアには『どきエデ』の知識があります。前世のルシアは『どきエデ』の全シナリオを制覇したそうです。グッズにこそ手は出さなかったものの公式設定集やアンソロジー、果ては二次創作まで『どきエデ』の世界を堪能《たんのう》し尽くしたといいます。

だからこそルシアは、自分が『どきエデ』の世界に生まれ変わったんだと悟《さと》ったようですね。そして自分が『どきエデ』ヒロインのルシアであるとも。

前世を思い出した当初は単なる偶然の一致かもと疑っていたのに、王太子アルフォンソと公爵令嬢アレクサンドラの存在を確認して、彼女は確信しました。

「だったら王子様達に見初《みそ》められるようにならなきゃね！」

ルシアは折角《せっかく》『どきエデ』ヒロインになったのだからヒロインにならなきゃ勿体《もったい》ない、という謎の理論でそうなるべく努力を始めたのです。

家の格では公爵令嬢どころか他の貴族令嬢達にも到底及ばないのに。財力もなければ礼儀作法も敵《かな》いません。

彼女が誇れるとしたら、蝶《ちょう》よ花よと育てられた令嬢共が霞《かす》むほどの知識、そして主人公らしい癖のない純粋さだけです。

けれど、わたしは思いました。ルシアの説明が正しいなら、『どきエデ』で素敵な殿方が好意を向ける純真無垢《じゅんしんむく》なルシアはもういないんじゃないか、って。

だってルシアは『どきエデ』の脚本通りに事《こと》を運ぼうとしています。恋路を打算で攻略しようとする女が純真無垢《じゅんしんむく》だなんて言えると思いますか？

彼女はもうルシアとしてのキャラクターと前世の知識を駆使《くし》するヒロインへ変貌《へんぼう》したのですから。

もっとも、生まれ変わったルシアは意外にも、表面上はこれまで通り男爵令嬢としての生を歩んでいました。

貧乏男爵の娘では絵に描いたお姫様のような暮らしは到底望めません。煌《きら》びやかな宝飾品やドレスは夢のまた夢。食費にも窮《きゅう》して昼食が抜かれる日も度々あったほどです。娯楽にも乏《とぼ》しく、平民でないので無茶もできませんし。

そうした色褪《いろあ》せた生活を送っていたルシアですが、意外にもさほど不満を漏らしませんでした。数少ない使用人とは親しくなれたし、両親の男爵や男爵夫人からの愛を受けたからいいと言います。貴族の娘としての教養や礼儀作法も充分教育を受けた、とも。

「そもそも宝石とか石ころだし？　ドレスも動きにくいしきついし重いしでもう最悪ー」

「それ、貴族令嬢にあるまじき発言じゃない？」

「だから女性の衣服に革命を起こす職人の出番待ちね。いっそあたしが広めてもいいかもしれないわね。前世の知識チートってやつ？」

「女性が股の分かれている服を着る、ね。本当にそっちで流行《はや》ってたの？　とても信じられないんだけれど」

男爵は贅沢《ぜいたく》をさせられなくてすまないとルシアに頻繁に謝りましたが、彼女はそうした気持ちだけで充分だと父親に優しく微笑《ほほえ》みかけていました。

「で、実際のところは？」

「前世でも、あまりブランド品とか宝石とか興味なかったし。綺麗ーとか素敵ーとか思っても実際身につけたいかは、また別の話じゃない？」

単に物欲のなかった前世が影響して、興味が持てないだけだそうです。

そんな風に、ルシアは次第に『どきエデ』の、ヒロインに身も心も成りきっていきました。

演技でもその言動に影響を受けるとはよく言ったもので、ヒロインになるんだって振る舞い続けた結果、初めは単に演じていただけのヒロイン像に近づいていったのです。

あとはルシアの望むがままに、やんごとなき方に愛されるだけ。『どきエデ』で描写されるままに男たちを攻略するのみでした。

「『どきエデ』にはね、攻略対象者が八人いるの。王子様ー、騎士ー、眼鏡ー、先生ー、成金ー、おじ様ー、イケボ執事ー、それから暗黒！」

「ルシア。それ聞かされるの何度目か覚えてる？　子供の頃からずっと同じこと聞かされているんですけど？」

「百から先は数えてない！　あ、それとも、今まで食べたパンの枚数覚えてる？　って返せばいいかな？」

「いや、どっちでもいいし」

やがて彼女は舞台となる学園に入学しました。

『どきエデ』世界を知り尽くした彼女にとって、攻略対象者の心を掴むのはさほど難しくはなかったようです。

彼らが望む台詞《せりふ》を囁《ささや》けば簡単に好意を抱いてくれるし、彼らが理想とする少女のままに振る舞えば喜ぶみたいでした。

　とは言え、さすがにゲームと現実には違いがあって、一週間単位で行動を選択すればいいってものではありません。その選択のための下準備をしたり事前調査が必要だったり、ゲーム外の日常にも気を配る必要がありました。

「で、ルシアは誰を狙っているの？　見た感じ節操もなく手をつけているようだけれど」

　見境《みさかい》なく好感度を上げているルシアに不安を感じたわたしは、意を決して尋ねてみたことがあります。

「んーとね、逆ハールート！」

「……は？」

　とんでもない答えが返ってきました。つまりルシアは、素敵な殿方を全員攻略するつもりなんだと息巻いていたのです。

　ただ好感度管理が厳しいといって、ルシアには心休まる日があまりありませんでした。

　わたしはその情熱をもっと別の方面に向ければ社会的に成功しただろうと思いましたが、彼女からすれば恋路こそに最も真剣に取り組むべきだ、だそうです。

「それにしても、本当にルシアの言った通りになるとは……。まさか頭の固いバルタサルとか小賢《こざか》しいロベルト達をああも容易《たやす》く籠絡《ろうらく》しちゃうなんて、今でも信じられない」

「ふふん、だから言ったでしょう。あたしには攻略対象者達の好みから隠し事まで、まるっとお見通しなんだって」

「でもさ、女性が男性を侍《はべ》らせるなんておかしくない？　どうしてルシアは逆ハールートってやつにこだわるの？」

「それはね、愛のためよ！」

「愛……？」

『どきエデ』で設定されている攻略対象者八名の誰と結ばれても、男爵令嬢の身分としてはかなり幸せな人生を送れます。特に王太子アルフォンソや王弟フェリペと結ばれれば、公爵令嬢も羨《うらや》む地位と贅沢《ぜいたく》が手に入るのです。だから、王太子や王弟に重点を置けば他の殿方に唾を付ける理由がないように、わたしには思えました。

けれどルシアは、欲しいのはみんなからの愛だと語るのです。王太子だの大商人子息だのの生まれは、所詮その男性の付加価値にすぎない。大事なのは素敵な方々からの愛を一身に受けること。沢山の愛に包まれることこそが最上の贅沢《ぜいたく》なんだ、と。

「あ、勿論《もちろん》男漁《あさ》りしたいからじゃないわ。女はね、男に優しくされたいのよ」

「ルシアの価値観を人に押し付けないでくれない？　そんな感じにルシアに都合良く心を搾取《さくしゅ》されるロベルト達には同情を禁じ得ない」

「そんなこと言わないで、嗚呼《ああ》、何度だって聞かせてあげたいわ。素敵な王子様とこれから熱く激しい夜を送ることを思うと、もう今から楽しみで仕方がないわよ」

「……。そう、ルシアの夢が叶ったら、わたしも嬉しいよ」

そして今、ルシアの恋敵だった悪役令嬢をあと一歩のところまで追い詰めています。

明日には破滅させる。幸せな未来が目の前までやってきて勝利を確信したルシアは、有頂天になっています。

喜ぶルシアを見たわたしもまた、幸福を感じていました。

そして、ついに先ほど王太子アルフォンソは自分の想いをルシアに打ち明けたのです。ルシアは彼が望む彼女のイメージを崩さずにその想いに応えました。

男女が二人きりとなって愛を伝え合い、何も起こらぬはずもなく、自然と手と唇が相手へと近づき……

二人はお互いに愛していると語り合って、愛を確かめ合っています。

全年齢対象の乙女ゲームである『どきエデ』には相応《ふさわ》しくない乱れようで、とてもルシアの言うヒロインとは思えない有様《ありさま》です。これも好感度を最大限まで高めると発生する、断罪前夜の初夜イベントだそうなので、再現と言えば再現なのですけれどね。

わたしは、そんな身勝手な愛に生きるルシアをとても愛《いと》おしく思っています。

だってとってもひたむきなんですから。

一生懸命ヒロインになろうと頑張るルシアは本当に可愛くて、時折弱音を吐くところは思わず抱きしめたくなります。

彼女が喜べばわたしも嬉しい。

でも、断言します。

攻略対象者共はルシアを何も分かっちゃいません。彼らが愛するのは、ルシアが作り上げた偶像にすぎないのです。幼い頃から、それこそルシアが前世を思い出してからずっと一緒だったわたしがそれを一番良く知っています。

攻略対象者の愛が欲しいルシアが大好き。ルシアを独り占めしたい。

そんな矛盾すら愛《いと》おしいと思いつつ、わたしはこの夜を過ごしています。

逆ハールートが成就《じょうじゅ》するのは明日。その先に何が待ち受けていようと、わたしの想いは決して変わりやしません。

「ルシアも言っているでしょう？　それが愛なんだってね」

■当日零時半　サイド　王妃

「王妃様、もう夜も遅うございます。これ以上はお身体に障《さわ》ります」

「……ありがとう。もうじき寝ますから」

「畏《かしこ》まりました」

タラコネンシス王国王妃マリアネアはテーブルに置かれた蝋燭《ろうそく》の灯りを頼りにもう一度手紙に目を通し、眩暈《めまい》を起こして目元を手で押さえた。

王妃のただならぬ様子に彼女に仕《つか》える侍女が声をかけるも、軽く微笑《ほほえ》みながら返事するのみ。

彼女が読んでいたのは先ほど急ぎの用件だと送られてきた手紙。送り主は彼女の息子――第一王子アルフォンソの婚約者である公爵令嬢のアレクサンドラ。

王妃マリアネアからしたら幼少の頃から次の王妃となるべく自ら教育を施《ほどこ》してきたアレクサンドラは娘も同然だった。

その彼女から送られてきたのは、婚約辞退の嘆願だ。

次の朝には「冗談です。たまには王妃様を驚かせたくなりまして」という追加の手紙が、アレクサンドラから送られてくるのを切に願わずにはいられない。

しかし、この手紙は嘘だと一笑して取り合わないでいるには思い当たる節が多すぎた。

「エロディア。アルフォンソのことなんだけれど、ここ最近の様子はどうなの？」

「立派に成長されていると思われます。これからの王国も安泰ではないかと皆も……」

「——エロディア」

「……っ」

主人から問いかけられた侍女、エロディアは無難な返答をしたが、マリアネアから投げかけられた冷たく鋭い声に言葉を詰《つ》まらせる。

わずかな時間、思考を巡らし、軽く目を伏せると王妃に真剣な眼差《まなざ》しを送った。

「王妃様の懸念《けねん》されている通り、良からぬ者が近寄っているかと」

「男爵令嬢、ね。私は直《じか》に会ったわけじゃあないから確かなことは知らないのだけれど、エロディアから見てどうなの？」

「あの者は王太子殿下や宰相閣下のご子息を始め、周囲の者を誑《たぶら》かしています。やんごとなき方々の将来、ひいては王国に後々にまで響く禍根《かこん》を作り出しかねず、非常に危険かと」

王妃付きの侍女ともなれば洗練された教養や振る舞いが求められるため、貴族の令嬢であることが多い。エロディアも例にもれずに子爵家の娘だ。

彼女は公《おおやけ》の場には王妃の従者ではなく貴族の娘として姿を見せ、他の夫人や令嬢と意見や情報を交換していた。

まだ若くもそのように大人の仲間入りをしているエロディアの耳に飛び込んでくるのは、王太子を筆頭に多くの男子を籠絡《ろうらく》する男爵令嬢の噂《うわさ》だ。

聖母みたいだと賛美する声と、魔女だと侮蔑《ぶべつ》する声があり、真相は分からない。

ただ一つ断言できるのは、件《くだん》の男爵令嬢は混乱を招いている――

「私はあの子を、甘い誘惑に心奪われない子に育てたつもりだったのに……」

「あの男爵令嬢はただ単に殿下方に近寄るばかりではありません。あの者は殿下方の全てを把握しているらしいのです」

「全てって、好みとか？」

「あくまで私が聞いた噂《うわさ》ですが……」

曰《いわ》く、狙いすましたように王太子達と邂逅《かいこう》する。

曰《いわ》く、王太子達がその時に一番欲している言葉を紡《つむ》ぐ。

曰《いわ》く、王太子達が持つ負い目や暗い過去を悟《さと》ってそれを晴らす。

そう、まるで神の目線で過去から未来にわたるまでその人物の全てを見通しているかのように——

「そんなことがあり得るの……？」

「残念ながら王妃様のお耳にも届いていますでしょうアレクサンドラ様の犯す悪事も、まるで事前に知っているようなのです。自分がどんな目に遭《あ》い、殿下方がどう自分を慰《なぐさ》め、更にはその殿下方がアレクサンドラ様をどのように責めるのか、を。まるでわざとそうなるように仕向けていると思えます」

「なんてことなの……」

愕然《がくぜん》とした王妃は、座っていた椅子の背もたれに寄りかかった。そして蝋燭《ろうそく》の灯りしかない薄暗い天井を仰《あお》ぐ。

王妃は娘同然の公爵令嬢から息子の気持ちが既《すで》に離れていると確信していた。それどころか男爵令嬢に心奪われた彼が公爵令嬢に憎しみすら抱いているとも察している。

しかし愛なき関係に陥《おちい》ろうとも王太子という立場からいずれは割り切るものだと考えていた。

だが——

「エロディア。アレクサンドラがこの手紙を送ってきた意図だけど、どう考える？」

「アレクサンドラ様もご自分の置かれた立場は分かっておいでです。にも拘《かか》わらず王家と公爵家の取り決めを反故《ほご》にしたいとご自分から申し出たとなりますと……」

「いいから続けなさい」

「畏《おそ》れながら申し上げますと、殿下がこれまでの慣例を踏み越えてくるとお考えでは？」

婚約破棄。そんな単語が王妃の脳裏に過《よぎ》った。

それはこれまでの王家と三大公爵家の関係を崩壊させるだけに留《とど》まらない。下手をすれば、それをきっかけに国が二分し、存亡の危機に陥《おちい》るかもしれないのだ。

ただでさえ王国は南方地域の異種族との聖戦に取り組んでいる最中。そこで国が分裂してしまったら……

王妃は現実味を帯《お》びてきた最悪の未来に身震いした。

王太子は学園の卒業を間近に控えている。その後は正式に婚姻を結んでアレクサンドラは晴れて王太子妃となる予定。そうなる前に王太子が大それた真似をする機会は限られていた。

そして、一方的な婚約破棄ともなれば大義名分、そして多くの者の賛同が必要だ。

「アルフォンソが仕掛けるとしたら卒業式、または明日の交流会かしら……。アレクサンドラが焦《あせ》るのも無理はないわ」

「それで如何《いかが》いたしましょう？　王妃様も陛下も明日は予定が埋まっておりますが」

「……無理にでも作るしかないわね。アレクサンドラには朝方に来るよう返事を送りましょう」

「畏《かしこ》まりました。夜明けに届けさせるよう手配を整えておきます」

王妃は意を決すると羽根ペンを取って手紙を書《か》き綴《つづ》った。

ちなみに夫である国王にはまだこの件を話していない。事後承諾になってしまうが自分が懇願《こんがん》して無茶を通そうと決意する。国王もまたアレクサンドラを娘のように可愛がっていたので拒絶はしないだろうと思いつつ。

ペンを置いた王妃は深いため息を漏らした。

「明日は長い一日になりそうね……」

■当日一時　サイド　仕事人B

彼、仮にルーベンと呼ぶ。ルーベンは酒場で料理を堪能《たんのう》していたところに、大商人であるイシドロの商会に火急の用事だと呼び出された。

もう仕事の時間は過ぎていると彼は不満を述べたものの、肥《こ》え太った大商人は笑って流し仕事をルーベンに提示する。

「公爵邸に侵入してこい？　しかも今すぐ？　マジで言ってんのか？」

「心配はないぞ。依頼人より情報の提供は受けている」

ルーベンはイシドロから渡された資料に目を通し、軽く呻《うな》り声をあげた。

それにはこれから忍び込む公爵邸の間取り、当日の使用人達のシフト、更には警備兵の配置や巡回ルートなどが事細《ことこま》かに記《しる》されていたのだ。

裏社会の者に売れば数年は遊んで暮らせるだろう情報を渡されて目を見開いたままのルーベンに、イシドロは満足そうに笑い声をあげる。

「金額は前払いで三割、成功報酬七割。ほれ、これが前払い分だぞ」

「げっ！　こんだけの大金が前払い分かよ……！　で、どんだけヤバいことやらされるんだ？」

「何、ちょっとした子供のいたずら程度のものよ。お前さんはただ、金持ちの道楽の延長だと思っておればいい」

イシドロから仕事の説明を受けたルーベンは呆《あき》れて物も言えなかった。たったそれだけのために公爵邸に侵入する危険を冒してなんの意味があるのか理解に苦しむ。けれどイシドロはそんな浅はかなルーベンを軽く窘《たしな》める。

「お前さんにとっては意味不明でも依頼人にとっては今後を左右する重大な仕事なのだよ。報酬の多さはその表れと解釈するのだな」

「……まあ、そう思わせてもらうとするわ」

ルーベンはイシドロから大量の金貨の入った袋を受け取ると、早速仕事の準備に取りかかった。

そして日付も変わるだろう時刻になったのを見計らって出発。闇夜に溶け込む黒装束《くろしょうぞく》の彼は誰の目にも留まらずに公爵邸に侵入した。

使用人による夜の見回りも事前に把握できていた彼は、誰にも遭遇せずに目的とする部屋の前に到着する。扉の取っ手に手をかけ音を立てずに入室、抜き足差し足で目当ての人物のベッドまで近寄っていく。既《すで》に部屋の照明は落ちていて星の明かりだけが頼りだ。

彼、王国で宰相を務める公爵の嫡男ロベルトは、静かな寝息をたてていた。

（さて、と）

ルーベンは事《こと》を為《な》すにあたりロベルトが目覚めないよう懐《ふところ》から薬品の入った瓶を取り出し、中身を布に染み込ませる。その上で仰向《あおむ》けの彼の口元に布を被《かぶ》せた。

少し時間を置いてロベルトの身体を覆《おお》っていた掛け布団をゆっくりと剥《は》ぐ。試しに彼の腕を取って少し動かしてみるも、一向に起きる気配がない。

これなら何の支障もないとルーベンはほくそ笑む。

背負っていた黒地の袋から水差しを取り出して、ロベルトの身体に万遍なく水を差していく。更に厚手の布袋から取り出したのは、精製が困難で貴重品扱いとなっている氷だ。彼は手際良くロベルトの脇や首筋、そして腹などにそれを置いていった。

(しっかしこんな女みてえに貧弱な糞餓鬼《くそがき》が、数年後にゃあ俺達市民を顎《あご》でこき使うようになるのかよ。やってらんねえよな全く)

若干の私情を交えながらも水差しと布袋を空にしたロベルトは、満足げに一息つく。そして、剥《は》いだ掛け布団をロベルトの脇に置き直した。まるで寝相が悪くて自分から布団を剥《は》いだように見せかけるために。

水に濡《ぬ》れた寝巻、置かれた氷、剥《は》ぎ取られた布団。

しかし布越しに薬品を嗅《か》がされたロベルトが夢の世界から戻ってくることはない。

寝ながらも段々とロベルトの表情が芳《かんば》しくなくなっていくのを見届け、ルーベンはその場を後にする。

(しっかしなあ何の意味があるんだこりゃ？　あの様《ざま》で朝まで目が覚めねえんだから、下手したら凍え死ぬわな。まあ良くて風邪ひくぐらいか。あの餓鬼《がき》が何か仕出かして怨みでもかったのかよ？)

結局、仕事を終えて帰路についた彼が依頼者の真意に気付くことはなかった。

依頼人、アレクサンドラの意図は彼が想像した通りロベルトに風邪をひかせるというもの。しかしそれは、決して嫌がらせやこれまでの怨みを晴らすことが目的などではない。

大事なのは、ロベルトを明日学園に登校できなくさせることだ。

身体を鍛《きた》え上げた将軍嫡男や王太子ならまだしも、頭脳派のロベルトなら風邪をひかせれば数日は寝込むだろうと踏んだのが、この依頼に結びつく。

それも全て、アレクサンドラが断罪イベントと呼称する場に攻略対象者であるロベルトを参加させないためだ。

婚約破棄と断罪の場さえ乗り切れば、もはや『どきエデ』のシナリオから大きく外れる。

予定調和に頼っていた男爵令嬢に為《な》す術《すべ》などなくなるし、その場に参加できなかった宰相嫡男達は助太刀《すけだち》の機会を完全に失うはず。

「――だから逆ハーレムルートの断罪イベントでアルフォンソ様に加担する攻略対象者共を、明日だけでも排除しとかないとね」

とは、大商人イシドロへの依頼の際にアレクサンドラが漏らした独り言であった。

■当日二時　サイド　仕事人C

夜が更《ふ》けて少し経った時間帯、ウルバノと呼ばれるその男は鼻の下を伸ばしながら娼館へ足を運ぼうとしたところを、急遽呼び出された。

機嫌を悪くした彼が連れて行かれた場所は、滅多《めった》に入店できないような王都有数の高級な酒場だ。

「おお、来たか。待ちわびておったぞ」

「あんたか。俺を呼び出したぐらいだから、それなりのもてなしはしてもらえるんだろうな？」

「勿論《もちろん》だとも。おい、こちらの男に酒を持ってきたまえ」

彼を歓迎したのは大商人イシドロ。

ウルバノは彼の商会と少なからず付き合いがあるものの、彼自身から接待を受けた回数は片手の指で充分数えられる程度だ。そのどれもが命にかかわる過酷な、しかし実の入りは大きい仕事の依頼時だった。

街を歩けば十人中八人ほどの男性の目が釘付けになるような美女が、胸元を大きく曝《さら》した店の制服を着てウルバノのグラスにワインを注ぎ入れる。エール酒を飲むのがせいぜいだったウルバノにとっては、贅沢《ぜいたく》なひと時だ。

「で、ヤバい仕事なのか？」

「失敗すれば鉱山で一生奴隷として過ごす破目になるかもなあ。何、お前さんの腕を買って、このようにもてなしているんだ。成功させてくれるだろう？」

「俺を誰だと思ってるんだ？　それはそうと酒だけじゃあ足りねえな」

「それぐらい分かっておるさ。先ほどの女との一夜はどうだ？　費用はこちらで持とう」

「さすが旦那は話が分かるな。じゃあ早速仕事の話に移ろうか。こんな遅くに呼び出したんだし今日中にやれってやつだろ？」

「お前さんこそ話が早くて助かるぞ」

イシドロは脇に置いた鞄《かばん》から布袋を取り出して、ウルバノの前に置いた。じゃらっと立てられた音、袋の膨《ふく》らみ具合、イシドロの仕草から察せられる重さ。これらの情報を総合して相当量の金貨が入っているのは想像に難くない。

「これは前金。成功報酬としての残りの七割はお前さんが目的のブツを回収できたら渡そう」

「ちょっと待て。これで前金だって？　いくらなんでも多すぎねえか？」

「勿論《もちろん》お前さんへの口止め料も入っておるよ。ただ依頼人にとってはそれだけの金を払う価値のあるものなのだ」

イシドロは引き続いて懐《ふところ》から羊皮紙《ようひし》を取り出してウルバノに提示する。記載されている内容は彼に発注する仕事の詳細な情報だ。

ワインを口にしながら読み込んでいったウルバノは、徐々に請け負《うお》う仕事の重大さに顔をしかめる。

「……おい旦那、正気か？」

「おお正気だとも。でなければ仕事を説明する前に前金をお前さんに渡すものか」

「だよなあ。とはいえこれがマジだったら狂気の沙汰だぜ」

「ほっほっほ。わしも依頼人よりこの仕事をいただいた時は内心で小躍りしたものよ」

肥《こ》え太った中年の踊りなんか誰が見たがるか、とウルバノは内心で嘲笑《あざわら》いながらも、そうしたくなるイシドロの気持ちは充分理解できた。

依頼内容、それは大商人ドミンゴの邸宅に侵入して裏帳簿を取ってこい、というもの。

ドミンゴはイシドロの商売敵《しょうばいがたき》に当たる。

王国を代表する二つの商会ではあるが、イシドロは常にドミンゴの後塵《こうじん》を拝していた。イシドロはどうにかドミンゴを蹴落とせないかと機会をうかがい続けること十数年、未だ背中を眺めている。

今回はようやく彼《か》の者を引《ひ》き摺《ず》り下ろす絶好の機会に巡り合った形だ。

「裏帳簿って何が書いてあんだ？　王国へ報告してねえ売上ってことだろ？」

「ま、平たく言えばお前さんへの依頼のような裏の仕事を記《しる》したものかな」

それだけじゃねえだろ、とウルバノは思ったものの口にはしない。

商会の規模が大きくなると段々と公《おおやけ》にはできない裏、闇の仕事も増えてくる。世間や王国には報告できない事業、例えば窃盗や人身売買などは表向き別の仕事を請け負ったように見せかける。

それを正確に記録したのが裏帳簿だ。

勿論《もちろん》それが暴かれたら最後、商会は役人に締め上げられて破滅する。だが記録を残さなければ商売が成り立たない。よって誰にも分からない場所に隠すか、金品と共に金庫にしまって厳重に保管するのが常だ。

現にイシドロの商会もそうやっている。

しかしウルバノに提示された情報では、なんと秘匿《ひとく》されているはずの大商人ドミンゴの裏帳簿の在りかが正確に書《か》き記《しる》されていた。

どうやって情報を掴んだんだと聞こうと思って、ウルバノはやめる。どうせイシドロは企業秘密だとごまかすだろう。

「で、当然仕事は引き受けてくれるのだろう？」

「おう、任せときな。ところでこんな重要なものを盗んだら、旦那の仕業だってばれなんじゃねえのか？」

「その難題を依頼人が解決してくれたのだ。やはり持つべきは上客よな」

ウルバノが手渡されたのは一通の封筒だった。封がされているだけで宛先も差出人も記《しる》されていない。しかし手触りから二重になっているとだけは理解できた。中身は相手側にさえ分かればいいとの意思が見て取れたので、詮索をやめる。

「これを裏帳簿のあった場所に置いてこいとの仰《おお》せだ。あと仕事は多少派手にして構わんぞ」

「マジか。んで盗み出した裏帳簿は夜明け頃に指定の場所に届けろって書いてあるけどよ、それまで俺が保管してればいいのか？」

「いや、実はお前さんへの報酬には依頼人からのものと別に、わしからの分も入っている」

「ほう？」

「依頼人は依頼を達成するならそれまでの間裏帳簿をどうしようが構わないと暗に言ってくれてな。そこで、盗み出したらすぐに指定の場所に持っていってもらいたい」

「んん？　そんじゃあ、裏帳簿はその場所で渡しちまっていいのか？」

「いや。夜明け前にお前さんがそこから回収、依頼人まで持っていけ。そこまでの過程では何も起こらなかったんだ。良いな？」

「お、おう」

イシドロは鞄《かばん》から王都の地図を取り出して、ある一点を指し示す。ウルバノには、その場所に心当たりがなかったが、イシドロのことだから短時間で悪事に活用する算段を立てるための場所だろうと想像がついた。

「何か質問は？」

「いや、ねえ。ただ今はまだ仕事をするにゃあ時間が早すぎる。もう少しここにいさせてもらうぜ」

「おお構わんとも。そのつもりでお前さんを呼んだんだ。ところでそれ以上酒を飲んで大丈夫なのかな？」

「もう一杯ぐらいは入れた方が活が入るんでな。それ以上はヤバい。なんでこの後は料理と女を堪《たん》能《のう》させてもらうぜ」

「ほっほっほ、そう言うと思っておったぞ。ほれそこのお前さん、金は弾むからこっちに来んか？」

二人はその後、日付をまたぐ深夜まで店で極上の酒と料理、そして見目麗《うるわ》しい美女を味わった。

そしてウルバノは、もう皆寝静まった時刻に行動を開始する。

大商人ドミンゴの邸宅に侵入した彼はその息子の部屋に忍び込み、金庫の南京錠に針金を差し込んで手際良く開錠、中に保管されていた裏帳簿をまんまと盗み出した。

（しっかし商会を左右する書類を寝ずの番も付けずに、息子の部屋の貴重品入れに保管しているとはなあ。不用心にも程《ほど》がねえか？）

あまりにも簡単な仕事に疑問を浮かべながらも、ウルバノは間抜けな商人子息宛の封筒を帳簿の代わりに金庫に入れる。

加えて、それが次の日の朝に早速発覚するよう金庫を開きっぱなしにした。

本来なら跡を残さない形に後始末もするのだが、今回は依頼があって、あえて犯行が行われたと見せつける状態にしたのだ。

ウルバノはそのまま何事もなく退散、イシドロの指定した王都の一角までやってくる。

指定の建物でノックを三回、少し間をおいてまた三回行う。すると中から閂《かんぬき》を外す音が聞こえ、髭《ひげ》を伸ばした中年男性がランプを手に顔を見せた。

「物は？」

「これだ」

「中で待っておれ。夜明けまでには作業を終える」

中年男性はウルバノから受け取った裏帳簿を手にして作業机に向かうと、一心不乱に白紙の羊皮《ようひ》紙《し》への書き写し作業を始める。普段筆やペンなど手にしない生活を送るウルバノでもその速筆には驚くばかりだ。

「ほれ。持っていけ」

「……お、おう」

ウルバノが欠伸《あくび》を噛み殺しつつ眠気に襲われ始めた頃、中年男性が裏帳簿をウルバノに突き付ける。

ウルバノが作業机に目を移すと羊皮紙《ようひし》の束が堆《うずたか》く積み重ねられていた。どうやら裏帳簿の写本はこの短時間で完成したらしい。

そして夜明け頃、ウルバノはまだ人気《ひとけ》のない広場にやってきた。

彼が指定の場所で立ち止まって程《ほど》なく、物陰から黒装束《くろしょうぞく》に身を包んだ小柄な人物が現れる。目元までフードで覆《おお》い隠していて容姿は分からなかったが、体躯《たいく》から女性だと判断できた。

「物は？」

「これだ」

「成功報酬は代理人から貰《もら》うように。何かあれば今後も贔屓《ひいき》する」

黒ずくめの女性は身を翻《ひるがえ》すと足早に去る。

彼女が何者だったかを詮索しようとして、やめた。

ウルバノにとっては、今回の仕事はイシドロから請け負ったもの。依頼人が誰であろうと関係ない。

それに彼には確信があった。今無理に知ろうとせずとも、いずれこれをきっかけに大騒ぎになる。

「んじゃあ、帰って寝ますかね」

ウルバノは目を擦《こす》りつつその場を後にする。

まだ薄暗く霧《きり》がわずかに立ち込める広場は再び無人と化した。初めから誰もいなかったかのように。

■当日三時　サイド　仕事人D

キッチンメイドとして働くノエリアの朝は早い。

夜明け前に起床した彼女は身だしなみを整えて第一の職場に足を運ぶ。彼女が仕《つか》える貴族の屋敷は敷地内に使用人寮があり、彼女の一日の始まりはこの寮の食堂から始まる。

ノエリアが火を熾《おこ》し、食材の下ごしらえを終えたところで料理人がやってきた。彼女は調理をする料理人と交代し、使い終えた調理器具を洗う。

一通りの料理が終わった頃に、続々と他の使用人が姿を見せ始めた。カウンター越しに同僚達に朝食を配膳していく。

休む間もなく今度は運ばれてくる空となった食器を洗う作業にとりかかる。ようやく同僚全員の朝食が終わった時には夜が明けていた。

束の間の自由時間に残飯を朝食として食べ終えたノエリアは、すぐさま水洗い場で歯を磨いた。

そして一旦、自分の部屋に戻って郵便物を確認する。

それを終えたら今度は屋敷の朝食の準備に向かう……はずだった。

普段は空《むな》しく何も置かれておらず、たまに親族からの手紙がある程度のノエリアに届けられたのは、一通の封筒だ。

宛先は確かに自分。送り主は心当たりがない。というより彼女の記憶が確かなら、完全にでたらめが記載されている。

ペーパーナイフで封を切ると、中からもう一通の封筒が出てくる。その封筒の宛先も自分。しかし今度は正しい送り主が記載されていた。彼女の本当の雇い主である大商人イシドロの商会の名が。

「仕事、か」

そちらの封も切った彼女は手紙に記《しる》された仕事の内容を速読し、すぐさまそれらをメイド服のポケットにねじ込む。そして足早に次の職場、貴族の屋敷へ向かった。

屋敷の調理場、ここが彼女の次の職場になる。

使用人寮の調理場と同じように、彼女はまず火熾《ひおこ》しから始めた。その際に誰にも見られていないことを確認し、先ほど届けられた手紙と封筒をかまどにくべる。紙束は瞬《また》く間に燃え上がって黒ずんでいき、やがて灰となって消えていった。

屋敷勤めの料理人が調理を終えて並べた皿を受け取ったノエリアは、それらを盆に載せていく。

食事を屋敷の食堂まで配膳するのはハウスメイドの務めであり彼女の管轄外。同僚達がナイフやフォーク、そして料理を運んでいく姿を尻目に、彼女は自分の務めに専念する。

ノエリアが仕《つか》えるのは貴族とはいえ、武門の家。王国の歴史を紐解《ひもと》けば数々の武勲《ぶくん》を立ててきた由緒正しい家柄になる。

激しい運動量から当主やその息子達の取る食事の量は多く、そして体力を養《やしな》える料理を好む。逆に女性陣は心配になるほど慎《つつ》ましい限りだ。

ノエリアは料理人が調理に専念しているのを確認し、懐《ふところ》から紙に包まれた粉末を出す。それをとある人物用の料理にまぶした。ただでさえ濃い塩とソースで仕上げられた肉料理に紛れ、粉末状のそれはあまりに目立たない。

同僚の使用人も何も疑わずにその皿を運んでいく。ノエリアの仕込みに気付きもせずに。

屋敷内がにわかに騒がしくなったのは、ノエリアが皿洗いを半分ほど終えた頃だ。

「ちょっと、どうかしたの？」

「何でもお坊ちゃまが、お手洗いに行ったきり出てこれなくなっちゃったんだって！」

「何よそれ。便秘？」

「逆よ逆！　お腹《なか》を下したんじゃないかって！」

近くを通りかかった使用人の一人を呼び止めたノエリアは、又聞きではあったが、何が起こったかを把握した。

一家の朝食は特に何事もなく終わっている。

将軍の嫡男が今日学園で開かれる交流会に思いを馳《は》せ若干興奮気味だったくらいで、他の者はいつもと同じ様子だったそうだ。加えて、その嫡男が端整な顔で微笑《ほほえ》んだものだから死ぬほど格好良かった、との同僚の感想は、半分以上聞き流す。

つまり異変が生じたのは各々《おのおの》が席を立ち始めた時だ。

将軍嫡男が急に顔色を紅や白や蒼に変えたかと思うと、彼の腹部が雷鳴のような呻《うな》りをあげた。腹部、それから尻を手で押さえた彼が、みっともなくふらつきながらもお手洗いへ駆け込む。そして、引きこもったまま今に至ると聞く。

「ちょっと、まさか食事が当たったとでも言いたいの？」

「まさか！　だってノエリア、ちゃんと食べてたじゃん！」

貴族が政敵を失脚させるために相手方の料理人を抱き込んで一服盛るのは、よくある手口。そのため料理には必ず毒見が課せられる。

この家では、キッチンメイドが配膳担当の使用人の前で一口食べて確かめることとなっていた。今日の毒見の担当はノエリア。当然、良からぬ粉を仕込んだ彼女自身は、料理のどの部位を切り分けて口に運べば安全かを把握している。

結果、目標である将軍嫡男のみに見事害を与えることに成功した。

「それで、お坊ちゃまの下痢はどんな感じなの？」

「扉越しでも凄《すご》い音を立てってて、中からは叫んでるのか呻《うな》ってるのか分からない声が聞こえてくるそうよ」

「それ私も聞きたい。きっと爆笑モノでしょう」

「あ、駄目よ駄目！　ただでさえ他のみんなは笑い転げてるのに！」

ノエリアが将軍嫡男に服用させたのは、わずかな遅効性の強力な下剤だった。効果が現れれば半日は収まらない代物《しろもの》で、主な用途は頑固な便秘の改善。

しかし普段からお通じの良い将軍嫡男にとっては、栓を失って決壊したも同然である。結果、垂れ流す破目になった。

「あ、それでさノエリア。お坊ちゃまが食べてた料理の皿ってどうしちゃった？」

「お坊ちゃまっていつも早く食べ終わるから真っ先に洗っちゃったわよ。もっと早く言ってくれてたら残してたのに」

「あー、そっか。じゃあ、しょうがないよね」

既《すで》に粉を包んでいた紙袋も燃やして灰となっている。依頼の手紙、残された皿といった証拠はすべて隠滅した。将軍嫡男がお手洗いの住人と化した異変と一介のキッチンメイドを結び付ける手がかりは、もはや塵《ちり》となって消えている。

「ところで……やっぱ私って旦那様に呼ばれるのかな？」

「……うん、多分。だってお坊ちゃまがあられもない姿を見せたのって食事に当たったせいだって思えるような時だったもん」

「単にお坊ちゃまが昨日食べたものが今頃になって悪さしたんじゃないですか？　とでも言おうかしらね」

「駄目だよ。頭固い旦那様が聞くわけないじゃん」

疑わしきは罰するとして料理人や配膳担当のハウスメイド、そして毒見を担当したキッチンメイドのノエリアに責が及ぶのは想像に難くない。

勿論《もちろん》、精一杯反論という体《てい》の言い訳はさせてもらうつもりだったが、最悪解雇を言い渡されても仕方がない。そう彼女は割り切っていた。

（あーあ。ここって給料いいし待遇もそれなりだったし。同僚にも恵まれてて、結構、愛着湧いてた職場だったんだけどなぁ）

明日の彼女を心配する同僚をよそに、ノエリアは内心でため息を漏らす。

しかし後悔はない。

たとえ紹介状すら渡されずに解雇されても、イシドロの商会による斡旋《あっせん》で新たな職に就《つ》ける。その点が商会所属メイドの強みだが、仲介料を取られるのが弱みでもあった。

それより、とノエリアは内心で諸手を上げて喜んでいる。

理由はただ一つ、今回の仕事の成功報酬がとてつもなく高額なためだ。それも彼女が将軍家から頂く賃金の数か月……いや、一年分以上になるかもしれない。それこそ将軍夫人が今日袖を通しているドレス一着分ほどの。

（いやぁ、あのお坊ちゃまを下痢にしただけでこんだけ貰《もら》えるとか、安い仕事よねー。でも、一体誰が依頼したんだろ？　彼を妬《ねた》む貴族の子息？　それとも、彼に愛憎を抱く貴族令嬢？）

この仕事の目的が、ノエリアからすれば不思議だった。

何せ将軍嫡男が下痢になっても、おそらく明日には回復している。後に残るのは、せいぜい半日お手洗いにこもりっきりになったとの笑い話くらい。

誰の仕業《しわざ》にしろ動機が見えてこなかった。

（ま、いっか。私は涎《よだれ》が出るほどの大金を手に入れて万々歳。それで良しとしましょう）

慌《あわ》てた様子で彼女の名を呼ぶ同僚に返事をしつつ、ノエリアは当主である将軍のもとへ向かった。ノエリアには知る由《よし》もない。

将軍嫡男のバルタサルが今日一日行動不能に陥《おとしい》れるのが、どれだけ重要かを。まともに動けなくなった彼は当然、学園に登校できない。ましてや今日夕方から予定されている交流会への参加など到底不可能だ。

その際に発生するはずの断罪イベントへの立ち合いにも。

こうして、重大な場面でヒロインを庇《かば》う攻略対象者が、また一人消えていった。

■当日五時　サイド　セナイダ

セナイダから見た、己《おのれ》が仕《つか》える公爵家のご令嬢アレクサンドラは、一言で表すなら悪女に他ならなかった。

セナイダ本人が公言していないために公爵家の屋敷内ですらあまり知られていないが、彼女は貴族である。にも拘《かか》わらず侍女としてアレクサンドラに仕えるのには理由があった。

一般庶民が思い描く貴族は豪華絢爛《けんらん》な目がくらむほど輝く宝飾品を身に着け、圧倒されるほど大きな屋敷に住み、三食美味な料理に舌鼓《したづつみ》を打つ。社交界の夜会に出席するドレスは使い捨ても同然。そんな感じだろう。

が、それはあくまで貴族のごく一部にすぎない。ほとんどの家は社交界などの表舞台に姿を見せる際に重点的に金を費《つい》やし、普段の生活では節制に励む。

そして、社交界で貧乏だと侮《あなど》られないために見栄を張る。そのせいで、普段は裕福な市民階級の家よりもつつましい生活を余儀なくされることとなる。

セナイダが生を享《う》けた子爵家は正にそんな家であった。

「わたしの実家は下手に歴史があり階級も高かったため、妥協は許されなかった……」

男爵家だったなら、いっそ一般庶民同然に過ごせたかもしれないのに。そうセナイダは独り言を呟《つぶや》く。

彼女には兄が二人、姉が二人、弟が一人いる。長男は将来有望だからと親戚筋の養子に出された。次男は子爵家の後継者として教育を受けている。長女と次女は家を支えるために有力な他家へ嫁《とつ》いだ。そして、そんな兄や姉達の存在がセナイダの運命を決定づけた。

要するに、セナイダにかける金がなかったのである。

三女の彼女は、あまり重要視されなかった。兄達とは違い必要最低限の教育のみで済まされ、姉達と異なり美しさは望まれない。発展的な教養を身に着けたいなら独学で学ぶ他なかったのだ。

それでもセナイダは決意していた。

姉達が婚約を結んだ家ほどの贅沢《ぜいたく》は望めなくても、自分も実家を支えるためにそれなりの家に嫁《とつ》ごう。その時のために、子爵家に相応《ふさわ》しい娘であろうと自分で自分を磨く。

「すまないセナイダ。もう我が家にはお前を嫁入りさせるだけの持参金がない」

そう父に申し訳なさそうに言われるまでは。

持参金が用意できない女性は条件のいい婚姻を結べない。格式の低い家に嫁《とつ》げば、実家の力になれないばかりか、自分の価値も下がる。愛があるならまだしも、妥協してまで嫁《とつ》ぐ意味などない。もはや家は頼れない。自分の面倒は自分で見なくては。

自分で持参金を準備するためには待つばかりでは駄目だ、働いて自分で工面しよう。セナイダは成人になる前にそう悟った。

ところが女性が働ける職場はあまり多くない。えり好みしなければ稼げるが、一応貴族の娘だ。よってセナイダは、国を支える大貴族の家に使用人として奉公に出た。

公爵家や侯爵家にもなると使用人にも最低限の教養、能力が求められる。普段生活する屋敷で品性の欠片《かけら》もない粗暴な輩《やから》を目にはしたくないのだろう。その点、貴族の娘は最低限の教養があるため、重宝された。

初めのうちは皿洗いなど、下働き同然の仕事だったが、評価されるにつれて段々と専門的なものを任されるようになる。やがて家中の仕事を一通りこなせるまでに成長した彼女に、突然転機が訪れた。

「貴女、今日から私に仕えなさい」

それが今の主《あるじ》、アレクサンドラとの出会いである。

偶然、アレクサンドラと邂逅《かいこう》した日から一日も経たないうちに、勤め先だったとある伯爵家を解雇されたのだ。そして三大公爵家であるアレクサンドラの家を紹介される。

アレクサンドラが自分を引き抜くために伯爵家に圧力をかけたのは想像に難くなかった。

それなりに職場を気に入っていたセナイダの心に不満は燻《くすぶ》ったが、年下の公爵令嬢から提示された雇用条件は彼女の想像を超えていた。

「なに？　それじゃあ不満なの？」

「逆です。こんなに貰《もら》ってもいいんですか？」

「当たり前だけど、それに相応《ふさわ》しい働きはしてもらうわよ」

「勿論です。誠心誠意務めさせていただきます」

公爵家が自分に払うという目玉が飛び出るほどの高額に、彼女は驚きを隠せなかった。

それだけ自分を評価してくれているのだと思うと嬉しい。このまま順調に奉公すれば、近い将来持参金が貯まり自分も貴族の娘としての義務を果たせる。そう信じられた。

……そうして、我儘《わがまま》なアレクサンドラの侍女としての日々が始まったのだ。

アレクサンドラは気に入らない人間に嫌がらせをするなど日常茶飯事《さはんじ》。セナイダも片棒を担《かつ》がされた。公爵閣下の人脈なのか知らないが、いつの間にか良からぬ者との接点も持った。

公爵家の娘であるアレクサンドラに表立って逆らう者はごく少数だ。いかに彼女が傲慢《ごうまん》だろうと不満を漏らせば、報復として公爵家の権力で実家が潰されかねない。心の中で陰口を叩くのがせいぜいだ。

幸い、主《あるじ》は成長するに従い落ち着いていった。

王太子の婚約者として相応《ふさわ》しくあらんとする姿勢が伝わってくる。もっとも、自分の意にそぐわない者への冷たい仕打ちは相変わらずで、セナイダは内心彼女には天罰が下るのではと思った。

そしてそれなりのお金が貯まってきたある日、セナイダに試練がもたらされる。

そう、ルシアが王太子の前に現れたのだ。

その日からアレクサンドラの行動は良くない方向に変わっていった。主《あるじ》が求める結果を出そうとセナイダは日々奔走《ほんそう》する。ところが、嫌がらせが成功してもめげないルシアにアレクサンドラは癇《かん》癪《しゃく》を起こし、セナイダが八つ当たりを受けることも珍しくなくなってしまった。

アレクサンドラにはそれなりに長い期間仕《つか》えているが、彼女への忠誠心はあまりない。公爵令嬢として素晴らしいことはセナイダも認めているものの、アレクサンドラの醜《みにく》い悪意はそれを帳消しにし、評価を下落させる。

そんなセナイダに、悪魔の囁《ささや》きが差し出された。

執事のヘラルドがアレクサンドラの悪事を断罪する、と言うのだ。

別に見切りをつけても良かった。セナイダが勤めているのはあくまで公爵家であり、アレクサンドラに雇われているわけではないのだから。

ヘラルドは王太子達と結託《けったく》してアレクサンドラを破滅させるそうだ。

セナイダは彼ほど主人を嫌ってはいなかったが、泥船での旅のお供をするつもりはない。

「お気の毒ですがこれまでですね。わたしは我が身が可愛いのでお嬢様を見捨てます」

そう気持ちを切り替えたセナイダだったが……続けて何が起こったのか今でも信じられない。

「謀反《むほん》を企《たくら》んだヘラルドを解雇？　わたしを買収して懐《ふところ》に抱き込んだ？　いえ、それよりあんなに無駄に揃えた衣服や宝飾品を売り払うだなんて……。それも自分に敵対した殿方を返り討ちにする費用を捻出《ねんしゅつ》するために？」

神より天啓がもたらされたのか、それとも悪魔が乗り移ったのか。

アレクサンドラは明らかに変わった。

冴え渡った悪意はもはや貴族の娘が起こす我儘《わがまま》の範疇《はんちゅう》を超え、自分が隣にいるべき王太子の心をかすめ取ったルシアへの嫉妬《しっと》と焦りを露《あら》わにしていたのに、それが綺麗さっぱり消えたのだ。

セナイダはそこで初めて自分の主《あるじ》に人として興味を抱いた。

依然アレクサンドラは悪女ではある。

しかし彼女が次に何をするのか、どんな結果を見せてくれるのか。セナイダにはもう予想できなくなっている。

先程仕事人から受け取った裏帳簿も、きっとあっと驚く使い方をするだろう。期待に胸が膨らむ。

「初めてですよ。賃金のためではなく心から仕《つか》えたい、と少しでも思ったのは」

セナイダは自然に笑みを浮かべて公爵家の屋敷内を静かに歩む。

昨晩は慌ただしかったし今日もその調子なのだろう。それでも今この瞬間だけは、これまでと変わらぬ日常だ。

昨日までは今日でアレクサンドラを見限ろうと考えていたが、これからも仕《つか》え続けていこう。

「おはようございます、お嬢様」

こうしてセナイダの主人、アレクサンドラの忙しい一日の幕が上がった。

□当日六時

電気が発明されていない『どきエデ』世界の朝は早い。というか夜は蝋燭《ろうそく》とランプ、暖炉の灯りを頼りに生活しているため、夜は裕福な家庭だけが送れる贅沢《ぜいたく》な時間って感じ。その分、朝日が昇る頃に、庶民は活動を始める。

まあ、つまり、日照時間に沿って早寝早起きってことね。

「おはようございます、お嬢様。こちらは濡《ぬ》れ手拭《てぬぐ》いでございます」

「おはよう、セナイダ。ありがとうね」

私の意識が覚醒《かくせい》する頃には侍女のセナイダが部屋の片隅で待機していた。

彼女からお湯が入れられた桶《おけ》とその縁《ふち》にかけられたタオルを受け取り顔を洗う。そして身体の汗をぬぐってセナイダに返した。

あら、よく考えたらセナイダにやらせれば良かったわ。

「早速だけれど学園には休むと届け出を出さないといけないわね。やっておいて」

「畏《かしこ》まりました。すぐに手配いたします。理由は如何《いかが》いたしましょう？」

「正直に書く必要はないわ。体調不良とでもしておいてちょうだい」

「御意に」

さあて、今日もやることは目白押しね。

まず昨日のうちに解雇した執事を含めて、のべ三人の攻略対象者にも大商人イシドロを通じて一時的にご退場いただいた。

残るはアルフォンソ様を除いてあと四名。彼らを何とか午前中には蹴落とさないとね。

断罪イベントにはアルフォンソ様と芋女《いもおんな》だけで私と対峙してもらいましょう。

「ところでセナイダ。頼んでいたものは手に入れてきた？」

「御所望の品はこちらに」

「ありがとう。ふっ、これであのちょこざい成金息子も私の意のままね」

セナイダには昨日のうちに、夜明け頃、大商人イシドロが手配した仕事人からとあるものを預かってくるよう命じていた。

『どきエデ』商人子息ルートでのキーアイテムになる、大商人ドミンゴの商会裏帳簿。それが今、私の手元にある。

商人子息ルートではアルフォンソ様の同級生である大商人ドミンゴの子息、マリオが攻略対象者になる。彼の家は王国屈指の財力を誇っているけれど、爵位を持たない平民階級。なのでマリオは王太子アルフォンソ様や宰相嫡男ロベルト様方に対抗心を燃やしているのよ。

そのため専用ルート後半、彼は家の裏帳簿に手を出し危ない橋を渡ろうとする。それで痛い目を見る破目になるものの、ヒロインや彼女と親しくなっていた他の攻略対象者方の助けを借りてその窮地を脱するのだ。

マリオは裏の仕事に手を染めようとした自分を恥じ、悔い改めるというシナリオである。で、マリオの奴が親元から失敬した裏帳簿を返すのは、悪役令嬢の婚約破棄兼断罪イベントを終えた後。マリオが父ドミンゴに土下座してヒロインと一緒に謝り、彼女の真摯《しんし》な謝罪に免じて許される、的な流れだったような。

つまり昨日時点では、裏帳簿はマリオが自室の金庫に保管していたの。勿論《もちろん》ドミンゴにはばれているんでしょうけれど、息子が自分から言い出すのを待っている状態なのかしらね？　そんなわけで簡単に盗み出せちゃったわけ。

私が悪い笑顔をしていたら、何故《なぜ》かセナイダが目を丸くしていた。

「セナイダ？　どうしたの、ハトが豆鉄砲受けたみたいな顔しちゃって」

「……その例えはよく分かりませんが、お嬢様が何げなく感謝を口にするのは珍しいな、と」

「……言われてみればそうね。何か自然に言葉に出ていたわ。迷惑だったらやめるけれど」

「とんでもない！　そのさりげない気配りが使用人にとっては励《はげ》みになります」

以前までの私だったら、召使いが私の命令に従うのは当然、って考えだった。けれど、わたしの記憶と経験が混ざった今だと、人に何かをやってもらったなら感謝を述べるべしって意識付けがされてしまった気がする。

私って存在が塗り潰されているようで不愉快だけれど、下の者共を道具としか考えないなんて非常識だと過去を責めるわたしもいる。

本当、不思議な感覚だ。

芋女《いもおんな》の奴はどんな感じで混ざり合っているのかしら？

「お嬢様、失礼いたします。お客様がお見えです」

純粋な興味を抱いていたら、扉の外からノック音の後に使用人の声が聞こえてきた。

「礼儀がなってないわね。こんな朝に先触れもなしに現れる客人なんて、会う義理はないわ」

「ですが、やってこられた方が方だけに私共の一存で無下にお引き取り願うわけにもいかず……。お嬢様の判断を仰《あお》ぎとうございます」

「だったら警備兵を呼んでさっさと追い出し……」

ん？　ちょっと待って。この時間、と言うか今日早朝に私に用事がある人？

私は自分が手にする大商人ドミンゴの商会裏帳簿に視線を移した。

それから何となく無作法者の正体を察し、軽くため息を漏らす。

「すぐに向かうから応接室に通しなさい。一番狭くて簡素な部屋でいいわ」

「畏《かしこ》まりました。直《ただ》ちに」

扉越しに使用人が足早に去っていく足音が聞こえる。

セナイダに命じようとして顔を上げると、彼女は既《すで》に私の意図を察してか、ドレスと装飾品の用意をしている最中だった。

さすがセナイダ、話が分かる。

たっぷり時間をかけて仕度を整えた私は、悠々と来客の待つ応接室へ向かった。

案の定そこで待ち受けていたのは商人子息ことマリオだ。

彼はみっともなく貧乏ゆすりをしながら苦々しい顔をしていて、私を視界に捉《とら》えるなり怒りを湛《たた》えて歯を食いしばり睨《にら》みつけてきた。

「お待たせいたしました。先ほど起床したばかりで準備に手間取ってしまいまして」

私は優雅に微笑《ほほえ》みながら堂々と会釈《えしゃく》する。後ろに控えさせたセナイダも軽く頭を下げた。

マリオはさすがに出会い頭で私に罵詈雑言《ばりぞうごん》を振り撒《ま》くような阿呆な真似はしてこない。もっとも、親の敵《かたき》とばかりに視線に憎しみを込めているんだから、私が受ける印象は変わらないんだけれどね。

「それでマリオ様。まだ日が昇って間もないこんな時間に、うちへいらっしゃったご用件は何でしょう？」

「しらばっくれるな！　お前、僕の家から盗んだだろう！」

マリオは私と彼との間に置かれたテーブルを思いっきり叩《たた》く。幸いにもテーブルの上には何も置かれていなかったので被害はなし。

あれ？　ということは、マリオはお茶すら出されずに放置されっぱなしだったの？　うわ、惨《みじ》めねぇ。

「はて、盗みですか？　一体何のことを仰《おっしゃ》っているのか、心当たりがございませんわ」

「だったらコレは何だ⁉　ふざけるのもいい加減にしろよ！」

マリオは懐《ふところ》から取り出した紙屑を乱暴にテーブルへ叩《たた》きつけた。それはまごうことなく、彼の金庫に残してくるよう依頼した、私の書き置きだ。

にしてもマリオったらよほど激怒しているらしく、物凄《ものすご》くぐしゃぐしゃに丸めた形跡がある。まあ、バラバラにちぎっていないだけマシか。

私はわざとらしくきょとんとしながらセナイダを見やる。セナイダは軽く顔を横に振った。私も大げさに肩をすくめてみせる。

「嗚呼《ああ》、それはマリオ様をからかおうとこっそり手紙を差し上げた次第です。盗みだなんてそんな罪深い所業をするとでも？」

「まだしらを切るつもりなのか⁉　いいから返せよ！　お前、何やってるのか分かってんのか⁉」

あーあ。どうやらマリオは少し錯乱《さくらん》しているらしい。アンタこそ今何してるのか状況を把握しているのかしらね？

控えているセナイダがこの無礼者を処理しようと動きそうだったので、私は手を上げて彼女を制した。

代わりに足を組んで嘲笑《ちょうしょう》を浮かべてやる。

今袖を通している深紅のドレスと宝飾品、そしてまとめ上げられた髪型もあって、きっと今の私を第三者が見たら、『どきエデ』のスチルに描かれる優雅なる悪役令嬢アレクサンドラそのものだと思うのでしょう。

「マリオ様。もう一度だけ言いますが、私は何も盗んでおりません」

「調子に乗るなよアレクサンドラ！　お前なんて近いうちに……！」

「では、お認めになるのですね？　貴方の仰《おっしゃ》る盗難品が存在しているのだ、と」

――お前なんて近いうちにアルフォンソに婚約破棄された上で、断罪される癖に。公爵令嬢じゃなくなったお前なんか、ただの性根の腐った極悪な魔女だろう。

そんな風にマリオが言いたかったかどうかはさておき、それ以上はらちが明かないといった様子で黙り込んだので、攻め手を交代させてもらう。

私は背後に忍ばせていた裏帳簿を引っ張り出し、扇《おおぎ》代わりにして顔をあおいだ。ついでに胸元も暑いなあとばかりに少し摘まんで引っ張り、そちらにも風を送る。

自慢じゃないけれど、私の胸は豊満。殿方を誘惑する武器としての切れ味は抜群よ。

あからさまな挑発行為に、マリオは私に飛びかからん勢いで怒りをにじませたものの、腿《もも》をつねって耐えたみたい。そして私の言葉の真意に遅まきながら気付いたらしく、悔しげに歯を食いしばる。

「まさか王国を代表する大商人ドミンゴの商会が悪事に手を染めていたなんて、私は幻滅しております」

私は大根役者顔負けのわざとらしい演技で、嘆《なげ》かわしさを露《あら》わにしてやった。

□当日六時半

そう、マリオはしくじった。

彼の行動は裏帳簿の存在を認めているようなものなのだ。

もし大商人ドミンゴ本人やイシドロが対処していたなら、「裏帳簿？　そんなものはございませんなぁ」なんて感じにしらばっくれていたでしょう。

そして表では平然としつつ、裏で闇仕事の清算をして潔白を取《と》り繕《つくろ》う。ほとぼりが冷めてから改めて裏の仕事を再開すればいい。

ところが彼の場合は、真正面から私に突撃してきた。

それはまずいでしょうよ。自ら自分の家は今まで散々罪深い所業をやってきましたって認めているようなものだものね。

しかもその相手が、社交界でドミンゴの商会をも凌《しの》ぐ影響力のある三大公爵家の令嬢。悪手としか言いようがないわ。

「返せと仰《おっしゃ》るのですからマリオ様はお認めになるのですね？　自分の家が非合法な娼館、人身売買、劣悪な鉱山運営、あげく、強盗や殺人にも手を染めているのだと」

「う、ぐ……っ！」

歯ぎしりするマリオを尻目に、私は裏帳簿を一旦セナイダに預けた。そして顔に嘲笑《ちょうしょう》を張りつかせてやや顎《あご》を上げつつ彼を見やる。マリオが俯《うつむ》き加減で睨《にら》み上《あ》げるので、私は彼を見下ろす構図だ。

うーん、気分爽快《そうかい》。

「それで、マリオ様はどうしてもこちらの帳簿を取り戻したい。それでよろしいですか？」

「……お前、ただで済むと思うなよっ！」

「私を罵《ののし》りにいらっしゃったのですか？　でしたら時間の無駄ですのでお引き取りを」

「ま、待て！」

私が部屋の出口を指し示すと、マリオは途端に慌《あわ》てだす。

そもそもマリオって『どきエデ』ヒロインの咄嗟《とっさ》の閃《ひらめ》きや宰相嫡男達の知恵を借りて何とか成長していくのよね。彼個人のルートならヒロインの献身で覚醒《かくせい》するけれど、無難にまとめただけの逆ハーレムルートでは、未覚醒《みかくせい》のまま終了となる。

私から言わせれば、今の彼は取るに足らない小物にすぎない。

「……何が望みだ？」

「それを問うより、まずやらねばならないことがあるのではありませんか？」

「は？」

「はあ……。貴方、自分の立場を分かっているの？」

いい加減こちらも彼の偉そうな態度に怒りが溜まってきたので、口調を切り替える。嘲笑《ちょうしょう》を消し、この無礼者を軽く睨《にら》みつけた。

「貴方は誰？　大商人ドミンゴの息子にして王国を代表する商会の後継者候補。では私は何者？　三大公爵家の一角、公爵の娘にして王太子アルフォンソ様の婚約者。ここは何処《どこ》？　公爵家が王都に持つ屋敷の応接室。何か間違っている？」

「……っ!?」

「たかがほんの少し商売に成功して小金を持っている程度の平民の一息子ごときが、後に王妃になる公爵令嬢たるこの私に、どの口を利いているの？」

学園では、ある程度爵位や身分を越えての交流が許されているわ。だからマリオはアルフォンソ様やロベルト様に平然と突っかかるし、芋女《いもおんな》を虐《しいた》げる私を公然と批判しても見逃される。芋女《いもおんな》の無礼さも、私の憤慨《ふんがい》はさておいて慣例に従えば、許される範囲なのよ。

でもね、全てがその延長線上に乗っていると思ったら大間違いよ。

あと半日も経たないうちに私を糾弾する算段を立てているおかげで強気になっているんでしょうけれど、今はまだ私が上で貴方が下のままなの。

察しの悪いマリオでもようやく自分の過《あやま》ちに気付いたようで、顔面蒼白《そうはく》になった。

「貴方がコレを取り返したい気持ちは充分に分かるわ。けれどね、頼みごとをするんだったらそれなりの態度が必要だと思うの」

「何をすればいいいん……よろしいでしょうかっ？」

「いいえ。何も私に跪《ひざまず》いてこれまでの無礼を詫《わ》びろとまでは言わないわ。ただ要望があるなら、頭ごなしに怒鳴り散らすんじゃなくて、誠心誠意頼んでほしい。ただそれだけよ」

「あ……ぐっ……！」

口ではいかにも慈悲深《じひぶか》いですって感じで提案をする私は、一方で指で床を指し示す。

屈辱《くつじょく》にまみれつつもマリオは怨みを何とか呑み込んでゆっくりと立ち上がり、床の上で平伏した。

どうして平伏の文化があるか？

知らない。『どきエデ』スタッフに聞いて。

「お願いいたします、アレクサンドラ様。どうかその帳簿を返してください……っ！」

いやー、この床にこすり付ける勢いで下げられた頭を踏《ふ》み躙《にじ》ってやりたいわー。

でも、ここは礼儀正しい淑女の態度で衝動を抑えつける。正直、アルフォンソ様と結託《けったく》して私を追い落とそうとしたのだから実行に移しても罰《ばち》は当たらないんだけれどね。

「分かりました。私もマリオ様を懲《こ》らしめたかっただけですので、お返しいたしましょう」

「本当ですか……!?」

「ただし、条件があります」

「条件……ですか？」

おっと、少し善意をちらつかせたら食いついてきたよ、この男。

馬鹿め、私がそんな善人に見える？　私は、お前達が散々悪女だの冷血だの罵《のの》った女でしょうよ。折角《せっかく》大金払ってまで盗ませたんだから、私の計画のために最大限利用させてもらうに決まっているじゃないの。馬鹿なの？

「手紙に書いた通り、本日、マリオ様は体調不良になってください」

「は？」

「風邪は人に移してはいけませんからねーお屋敷で安静にしてないといけませんねー。学園に登校するどころか、外にも出てはいけませんねー」

「な……っ！」

そう、この裏帳簿は別に大商人ドミンゴの悪事を暴く証拠でもないし、マリオに後継者失格の烙印を押すものでもない。

コイツが今日、表舞台に出られなくするための取引材料なんだからね！

マリオはやはり愕然《がくぜん》とした。

無理もない。逆ハールートの断罪イベントを再現するべく、マリオは芋女《いもおんな》に協力するはずだったのだから。

この要求は「芋女《いもおんな》やアルフォンソ様を裏切れ」と解釈できる。

「伸《の》るか反《そ》るか、決めていただきましょう」

「……っ。……っっ！」

「いい加減にしてくださいまし！　私も暇ではありませんのよ！」

ええい煮え切らないわね。そんな風に決断力がないから、アンタ『どきエデ』の人気投票で攻略対象者中ぶっちぎりの最下位だったのよ！

わたしもアンタのルートは退屈だったから、早送り機能でテキスト斜め読みしてクリアした記憶しかないしー。

「……その帳簿を悪用しないって確約が欲しい、です」

「ええ勿論《もちろん》です。私はコレに何が記《しる》されているのか、全く興味ありませんもの。私はこの帳簿を用いて貴方に不利益が生じる行為を何一つやりません。神に誓いましょう」

おっと、最後のあがきとばかりに要求を返してきたわね。

けれどその程度は想定の範囲内。なんなら誓約書を書いたっていい。今のマリオにそんな知恵が回る余裕があるとは思えないけれど。

なお、悪用しないって約束するのは、あくまでこの私個人の話。盗んでくるよう依頼した大商人イシドロと、彼が雇った仕事人がどんな過程や方法でこれをセナイダの手に渡したかは、私の知ったことじゃない。

例えば、盗み出してからセナイダに渡す間にイシドロが写しを作成したら？　大商人ドミンゴが手を打つ前に彼の仕事網を乗っ取ろうと画策するかもしれない。その結果こいつの実家が大打撃を受けたって私の管轄外よ。

そんな私の考えを疑う余裕も頭の回転もないマリオは、安心したようにほっと胸をなで下ろした。本当、愚かな。

「分かりました。今日は一日中家にいます。それで帳簿の方は……？」

「言われなくても明日の朝には貴方の家に届けるよう、人を向かわせます。受け取りの手配はマリオ様が整えてください。そこまで面倒は見切れません」

「……っ。では、そのように」

まさか今返してもらえるとか思った？　莫迦《ばか》ね、約束を反故《ほご》にされたらたまらないわよ。今日一日は必ず大人しくしてもらうんだから。

おっと、一つ忠告しておかないと。

「すみませんがもう一つ条件を加えます」

「えっ？」

「今日一日ご学友と連絡を取り合うのを禁じます。もし破った場合、またはその兆候が見られた場合、この帳簿は……そうですね、商売敵《しょうばいがたき》の事務所にでも提供して差し上げましょうか」

「だ、駄目だ！　それだけは勘弁してくれ！」

「はあ？　駄目だぁ？　勘弁してくれぇ？」

「……っ！　言う通りにしますからそれだけはどうかお許しを！」

マリオは摩擦熱で火が熾《おこ》せるんじゃないかってくらい、床に額《ひたい》を擦《こす》りつけた。

よし、これだけ脅しておけば迂闊《うかつ》な行動は取れないでしょう。

まあ彼が芋女《いもおんな》やアルフォンソ様に要らぬことを吹き込むにしても、精々、私が先手を打ってきている、程度の報告しかできないでしょうけれどね。保険みたいなものよ。

「セナイダ。適当な使用人を呼んで、彼のお見送りをさせてちょうだい」

「畏《かしこ》まりました」

「ではごきげんようマリオ様。今日も一日楽しく過ごしましょう」

「……っ」

私は嘲笑《ちょうしょう》を湛《たた》えながら徐《おもむろ》に立ち上がり、そのまま応接室を後にした。扉が閉められた途端に、再びテーブルを激しく叩《たた》く音がかすかに聞こえてくる。

私にはそれが私を讃《たた》える喝采《かっさい》にも聞こえ、その充実感で愉悦に浸《ひた》れた。

□当日七時

「アレクサンドラ、先ほど王宮の方がお見えになりました。国王陛下と王妃様が貴女《あなた》と朝食を共にしたいそうです」

「……お待ちください。それは今日でしょうか？」

「ええ、今すぐです。既《すで》に玄関前に馬車を待たせています。早く支度なさい」

「はい、直《ただ》ちに」

商人子息にご退場願い終えた私は、笑顔のまま食堂に向かっていた。ところが扉の前に着いた途端にお母様に呼び止められ、まさかの命が下る。

いや確かに謁見《えっけん》したいとの嘆願書を出したわよ。けれど、まさかこんな朝早くにお会いくださるなんて思いもよらなかったわ。

しかも朝食を共にですって？

アルフォンソ様が学園に行かれている最中を期待したのに。それじゃあ彼と鉢合わせしちゃうじゃない、やだー！

なんて文句を言えるはずもなく、私はご命令に従ってすぐさま自分の部屋に戻る。セナイダに手伝わせてドレスを着替え直した。

さすがに薔薇《ばら》のような深紅のドレスだと悪目立ちしすぎる。空色で装飾も落ち着いた銀細工のものに切り替え、化粧も自然なものを施《ほどこ》した。

セナイダを同行させて、私は王宮に赴《おもむ》く。

馬車に描かれた公爵家の家紋と私の顔を見て王宮の門番はすんなりと通してくれた。

王妃教育で頻繁に通っているものだから、もう門番とは顔なじみ。今日もいい天気ね、いつもご苦労様、と言葉をかけたら照れてくれる。

私は自分を落ち着かせるために大きく深呼吸して意を決し、王宮の食堂に足を踏み入れた。

「アレクサンドラ、ただ今参りました」

恭《うやうや》しく一礼してその姿勢で待機。陛下より「面《おもて》を上げよ」と命じられてようやく背筋を正し、促《うなが》された席に座った。

両陛下の他にいらっしゃったのは第二王子殿下と第三王子殿下、それから第一王女殿下だ。懸念していた王太子ことアルフォンソ様の姿はない。

安堵感《あんどかん》が表に出ないように気を付けて、内心で胸を撫で下ろした。

「アルフォンソなら今日学園で執《と》り行《おこな》う交流会の準備のために既《すで》に離れている」

「今日はアレクサンドラのために少し豪華にしてもらったの。さ、遠慮せずに食べてちょうだい」

私の心配を見透《みす》かしたかのように陛下が厳格な声を発した。それから王妃様が温かい微笑《ほほえ》みと共に料理をすすめる。

私はまず、今日の食事をとれまして感謝いたしますと神様に祈りを捧《ささ》げ、料理を口にした。

確かに美味《おい》しいのだけれど……細かな味は緊張が妨害してあまり判別できていない。料理人に申し訳ないと思いつつも、お腹を満たすために自然とフォークは進んでいく。

「アレクサンドラよ。マリアネアから大体の事情は聞いた」

食事が半分ほど進んだ頃かしら？　徐《おもむろ》に国王陛下が口を開いた。

場に緊張が走る。

どうやら陛下はおろか、王子様方にも大体の事情は伝えられているらしい。控えている使用人達まで緊張した面持《おもも》ちになったのは、大体の話を噂《うわさ》で聞いていたからかしらね？

「アルフォンソとの婚約関係を取り消したいと申し出たそうだな。違いあるか？」

「はい、国王陛下。私、アレクサンドラはアルフォンソ殿下との婚約を辞退したい所存です」

「それが王家と公爵家に及ぼす影響を、そなたも分かっていよう。それでも考えは改めぬのか？」

「はい、陛下。もはやアルフォンソ殿下の御心を私めに繋ぎ止めておくことは不可能。むしろ私めはあのお方にとって害にしかなりません。全ては私が至らなかったせいであり、アルフォンソ殿下には何も非がなかった。それだけは申し上げます」

国王陛下も王妃様も何か仰《おっしゃ》りたかった様子であるものの、口を噤《つぐ》む。私の決心が固く、更に主張も嘘ではないと判断なさったからでしょう。

当たり前だが、アルフォンソ様は何も悪くないっていうのは建前よ。

彼は私の悪意が主な原因だと主張してくるでしょうけれど、もとはと言えば芋女《いもおんな》に惚《ほ》れたアルフォンソ様の移り気が主因だもの。

陛下は頭を抱えつつ深くため息を漏らすと、なんと私に対して頭を下げた。

「すまなかった。不肖の息子のせいでそなたの心を傷つけた」

「陛下……!?　どうかお顔をお上げください！」

誰かが見ていたらどうするんです。そう続けようとしてようやく分かる。どうして陛下が謁見《えっけん》の間で私と会わずに、まるで家族みたいに一緒に食事をとるのか。

陛下は公人としてではなく、一人の親として私と向き合ったんだ。幼少の頃から、遊ぶ時間を全て費《つい》やして殿下の伴侶に相応《ふさわ》しくあろうと必死に教育を受けてきた私に。

ふと視線を逸《そ》らすと、王妃様が涙を流されていた。鼻をすすって俯《うつむ》いていらっしゃるお姿からは、普段の国母《こくも》としての慈《いつく》しみと包容力は感じられない。私の目の前にいらっしゃるのは、娘同然の女を悲しませた実の息子を情けないと泣く、一人の母親だ。

「ごめんなさい、みっともない姿を見せちゃったわね」

「……いえ」

私の口から慰《なぐさ》めの言葉は出なかった。

何も思い付かなかったんだもの。

だってどう声をおかけしたらいいの？

全部芋女《いもおんな》のせいです？　色気に現《うつつ》を抜かした殿下のせいです？　神のお導きなんです？　それともここは、乙女ゲーの世界で全部脚本通りですよ……とでも言えって？

何も言えないわよ。

どんな言葉を口にしたって今の王妃様の心は晴らせない。

「そなたの願いは聞き届けよう。我が名、カルロスの名においてアルフォンソとアレクサンドラとの婚約は取り消しとする」

「ありがとうございます」

まずは第一歩。それでも大きな前進ね。

これでアルフォンソ様に婚約破棄を言い渡されたって、既《すで》に解消されているんだから盛大な茶番になるだけ。断罪イベントだって、王太子殿下の婚約者って立場がなかったら、わざわざパーティーで行う大義名分が失われるもの。

「――して、アルフォンソの妃《きさき》となる者についてだが……」

「畏《おそ》れながら申し上げますが、わたくしはあのような気品も教養もない小娘を王室に迎え入れるのは反対です」

陛下が芋女《いもおんな》の件について重たそうに口を開いた途端、王妃様が低く鋭い声を陛下に向けた。

正直いつもの王妃様と全然違う冷酷な様子が怖ろしくて、軽い悲鳴をあげそうになる。王子様方も母の変貌《へんぼう》ぶりに怯《おび》えているご様子だ。

「そして先ほどお義母《かあ》様――王太后陛下のご意見を賜《たまわ》りましたが、やはり三大公爵家の血筋の者でない女を王妃とするのは断じて許しがたい、と」

「う、うむ。余も同じ考えだ。しかしアルフォンソのあの体《てい》たらく。件《くだん》の娘以外と子を生《な》すとは到底思えぬのだが……」

「それについては陛下、私めに考えがございます」

私は昨日の晩に両親に明かした案を披露した。芋女《いもおんな》と仲の良い私の妹のビビアナを妃《きさき》にして、芋《いも》女《おんな》を側室に据《す》えたらどうかと。アルフォンソ様と芋女《いもおんな》が渋って芋女《いもおんな》が妃《きさき》になったとしても、後継者にはアルフォンソ様とビビアナの子を指名すれば良いと。

「それはトリスタンやビビアナは承知なのか？」

「父と妹も前向きに検討しております」

ここで承知していると言わないのがミソね。嘘は言っていないもの。

後はお父様と陛下が話し合われて決めれば、ビビアナは拒否できまい。

芋女《いもおんな》だって『どきエデ』のヒロイン通りに王太子妃になれれば良くて、自分の子が王になれる可能性は度外視しているでしょう。

ところが私の意見を聞いた王妃様の顔が曇った。手にしていたナイフとフォークを音を立ててテーブルの上に置く。

「手緩《てぬる》うございます。あのような小娘を伴侶として王家に迎え入れるぐらいなら、アルフォンソには王太子の座を返上させる程度の覚悟を示してもらわねば」

「王妃様、それではグレゴリオ殿下を後継者に指名をされるのですか？」

「それはできぬ。まだ正式には発表していないが、グレゴリオは隣国の第一王女との婚姻が決まっている」

おそるおそる伺った私の問いに答えたのは陛下だった。心なしか声が暗い。

って第二王子殿下が隣国の王女様と？　何それ、初耳なんですけど！

グレゴリオ殿下も寝耳に水だったらしく驚きを露《あら》わにされていた。

ってことは……第三王子であらせられるジェラール殿下が自然と王位継承権の最上位に位置する

形になるわけか。

「その場合、妹はジェラール殿下に嫁ぐ形となるのでしょうか？」

「何を申しているのだ？　余が認めたのはそなたとアルフォンソとの婚約の取り消しのみだ」

……。

……はい？

「あの、陛下。それは如何《いか》なる所存でございますか？」

「ジェラールが王太子となった暁《あかつき》には妃《きさき》はそなたとする。正式な婚姻はジェラールが学園を卒業するまで待つ他ないが、子作りはアレクサンドラの学園卒業と同時に認めよう」

えええぇぇえええっ!?

私がジェラール殿下の婚約者にぃ!?

しかも子作りおっけーとか、確定と同じじゃないですか、やだー！

ちょっと待って。アルフォンソ様が私と同年で十八歳。グレゴリオ様が二歳下で十六歳。で、ジェラール様は三歳下だから十四、五歳だったっけ。

いや物理的には子作りできますけれど、つい一昨日《おととい》までアルフォンソ様の妻になるって信じて疑わなかった私には衝撃的すぎる。

「それは素晴らしい考えですわ、国王陛下！」

王妃様は目を輝かせて声に熱がこもっていた。

あ、駄目だこりゃ。完全に賛同に回っている。

い、いいえ、まだ諦めるには早い。さすがにジェラール殿下は嫌がるでしょう。何せ私は年上だしアルフォンソ様に嫌われる悪役令嬢だし。

そう思ってジェラール殿下に目を向けると、彼は何故《なぜ》か眩《まばゆ》いほどの笑顔をこちらに向けていた。その眼差《まなざ》しは愛《いと》おしい相手を見つめるようにとても優しい。

残念ながらまだ成長しきっていないせいで、格好いいと思う前に可愛いとの感想が浮かんでしまうのが難点だけれど。

「僕……あ、いや。私はお義姉《ねえ》様にお嫁さんになってほしいです」

貴方もかー！

ちょっと待って、どうしてこうなった……

愕然《がくぜん》とする私は、この後口にした料理の味を全く覚えていない。

□当日八時

「おめでとうございます、お嬢様」

「全然めでたくないんだけれど……」

食堂に控えていた使用人から話を聞いたらしいセナイダに祝われた私は、がっくりと肩をおとした。

色々と衝撃的すぎて朝食を終えた頃には、もう疲労困憊《こんぱい》している。お茶でもどうかと王妃様に誘われたけれど辞退した。

まだ王宮でやるべきことが残っているのに、早く家に帰りたい衝動に駆られて仕方がないわ。

「ジェラール殿下はお嬢様を実の姉のように慕《した》っていると耳にしております。敬愛が恋愛に発展するのは何もおかしくはございません」

「私はジェラール殿下をそんな目では全く見ていなかったわ。せいぜい可愛い弟ぐらいにしか……」

「いつまでも子供と思っていたら大間違いです。特にあの頃の年齢の殿方は成長著《いちじる》しいですから。わたしは久方ぶりにお姿を拝しましたが、ご立派になられました」

「そうかしら……？」

頭を冷やしながら思い返してみる。

ジェラール殿下の顔立ちはアルフォンソ様によく似ていらっしゃる。さすがは兄弟。ジェラール殿下の方がどちらかと言えば母親似かしらね？

確かに、最近声が低くなったし肩幅も広くなった気がする。……もしかして背ももうじきヒールを履いた私を超えそう？

ジェラール殿下は私にとっては目に入れても痛くないほど可愛い子。けれどそれは、今まで家族同然だと思っていたから。

一度一人の男性として意識してみると……確かにセナイダの言う通り逞《たくま》しくなられた気がしなくもない。

言うなら、今は可愛いと格好いいが良い感じに混ざり合った絶妙な時期にいらっしゃる。

「あー、確かにセナイダの言う通りかもしれないわ。でもよりによって私を押し付けられるなんて、殿下もとんだ貧乏くじを引いたものね」

「お嬢様ほどジェラール殿下に相応《ふさわ》しい方もいらっしゃらないと思いますが」

「アルフォンソ様の言葉を借りれば傲慢《ごうまん》で尊大な私が？　それこそカロリーナ様の方がお似合いじゃないかしら」

「それに……いいえ、こちらはわたしの気のせいかもしれません」

「何よ、気になるじゃないの」

ええい、今はそんなの後だ！　目先に集中！

私達が向かっているのは、王宮の一角にある王弟殿下のお住まいだった。普段私が近寄らない場所なので正直、結構緊張している。

それでも女は度胸だとばかりに私は堂々と歩んでいった。

途中すれ違う王宮勤めの使用人達が不思議そうな視線を送ってきても気にしない。気にしないったら気にしないんだから。

王とならなかった王室の男性は本来、一代限りの公爵の爵位を与えられて新たな領地に封ぜられる。けれど今代の王弟殿下は、それを固辞して国王陛下の執務の手伝いをされているのだ。

妻を迎えたら王宮を離れると当時は語っていたらしい。それが今もいらっしゃるのだから、つまりあの方は独身のままってことね。

で、その王弟殿下は『どきエデ』の隠し攻略対象者だったりする。男爵令嬢でしかないヒロインが王宮に行く機会は限られているので、それを最大限駆使《くし》しないと王弟殿下の好感度は上がり切らない。隠しキャラ中、最も攻略難易度が高いとの評判よ。

王位継承争いが起こらないよう一生独身で過ごす気だったのに、王弟殿下ルートの彼は健《けな》げに自分のもとへ通うヒロインに段々と惹《ひ》かれていく。そして恋が芽生えたのよね。もうヒロインのことしか考えられなくなって、最後の断罪イベントでは将軍嫡男バルタサル様を凌《しの》ぐ男らしさを見せつけてくれるの。

現在、芋女《いもおんな》は逆ハーレムルートを攻略中。既《すで》に王弟殿下だって攻略間近に違いない。

さすがの大商人イシドロでも王宮までは刺客を送れない。あの方を途中退場させたかったら、私自らが王宮に乗り込むしかなかったのよ。

勿論《もちろん》、王弟殿下ご本人を害するつもりはさらさらないわ。

もっと平和的に解決するとしましょう。

「おはようございます。レティシア様」

「……おはよう、アレクサンドラさん」

そして私は目的の人物とお会いした。

会釈《えしゃく》した私に彼女、レティシア侯爵令嬢は重く沈んだ声で挨拶《あいさつ》を返す。

レティシア様のことは一応ご令嬢とお呼びするけれど、年齢は私のお母様とあまり変わりない。

というのも、彼女は学園を卒業されてから毎日王弟殿下のもとに通い続け、殿下のお仕事の手伝いをなさっているから。今では秘書官兼家政婦長的な立場にあり、王弟殿下の片腕に収まっているのよ。

そんな彼女は王弟殿下を長い間追いかけてもいる。

薔薇《ばら》も霞《かす》むほどの美人だと讃《たた》えられた彼女には、かつて縁談が引っ切りなしに舞い込んだそうね。けれど、王弟殿下一筋だった彼女は辞退して今の道を選んだ。いつか必ず王弟殿下が自分を女性として必要とする日が来る、って。

そんな期待も空《むな》しく、レティシア様はもう学園を卒業された時の倍近くの年になられた。今もなおお美しいけれど、彼女の美貌にも老いは容赦《ようしゃ》なく刻まれ始めている。

普段は何でもないように装《よそお》っていても、今後もこのままなのでは、との焦《あせ》りが段々と彼女を苦しめ、悩ませているだろう。

……そんな時に現れたのが能天気な芋女《いもおんな》。

ゲームでの彼女はたった一年で、レティシア様が費《つい》やした二十年強の時間を嘲笑《あざわら》うかのように王弟殿下の心を惹《ひ》きつけた。

自分には見せない微笑《ほほえ》み、温かいお言葉、そして心のこもった贈り物。

芋女《いもおんな》に向けられる優しさと愛《いと》おしさの全てがレティシア様を絶望の淵《ふち》へと追いやった。王弟殿下の口から芋女《いもおんな》の名が紡《つむ》がれる度にレティシア様は胸が張り裂けそうになったのだ。

やがて愛憎に追いつめられたレティシア様は、最悪の形で想いを成就《じょうじゅ》されようとなさる。

けれど、その狂気はヒロインと彼女に協力した王太子殿下方に止められてしまうのだ。

最終的にヒロインと結ばれた王弟殿下を目の当《ま》たり《あ》にしたレティシア様は失踪の末に自殺。一方、私こと悪役令嬢はそれまでの悪事を問われて身分剥奪の上で火刑に処される。それが『どきエデ』王弟殿下ルートの結末だ。

もっとも一応、現実のレティシア様は公《おおやけ》には事件を起こしていない。

「何の用ですか？　私は殿下をお手伝いしないといけないので忙しいのです」

「本日はレティシア様にささやかな贈り物をいたしたく、足を運びました」

しかし、逆ハーレムルートでもレティシア様が失意の底に叩《たた》き落《お》とされる展開は変わりない。今はまだ断崖絶壁の上から海を見下ろしているところ。精神状態はとても危《あや》うく、いつ彼女が身投げしてもおかしくはないわ。

私はそんなレティシア様に贈り物を差し上げた。

それは一見すると、鮮やかな色に染まった液体が入れられた洒落《しゃれ》た細工の硝子《ガラス》の小瓶にしか見えない。貼られたラベルも何の変哲もないお酒の銘柄のものだし。

「――アレクサンドラ。それをどこで手に入れたの？」

ところが、これを見たレティシア様の目の色が変わった。

部屋の中で整理をしていた他の女官が女主人の豹変《ひょうへん》に軽く悲鳴をあげる。

私も恐怖を感じて全力で逃げ出したいのを堪《こら》えるのが精一杯。虚勢《きょせい》を張るために悪い微笑《ほほえ》みを顔に張り付かせる。

「レティシア様が欲しておられると耳にしまして、贔屓《ひいき》にしている商会より取り寄せました。私のささやかな気持ちでございます」

私は優雅にカーテシーをして踵《きびす》を返す。小瓶は彼女の目の前の机に置いておいた。

レティシア様の返答は聞く必要もない。だって退室しようとする私じゃなくて、その小瓶に目が釘付けだったもの。

あの小瓶が一体、何なのか分からないセナイダが慌《あわ》てて私の後に続く。二人してレティシア様の部屋を後にした。

「お嬢様。先ほどレティシア様に差し上げたのは一体何なのですか？」

「あぁ、アレ？」

王宮での用事が済んだので私達は王宮の正面口に向かう。若干、大股になっているのは少しでも早くあの場から立ち去りたかったせい。

セナイダは足を大きく開かないよう、わたしの世界での競歩よろしく早歩きで私の後を追いかけてくる。

「セナイダは何だと思う？」

「あの小瓶は昨日、大商人イシドロ様より購入された品物ですよね。滅多《めった》に入荷されない稀少品だと彼は語っていましたが」

私は歩調を緩めてセナイダを手招きする。訝《いぶか》しげに眉をひそめた彼女はそれでも私に身を寄せてくれた。

私は自分の口をセナイダの耳元へ近づける。わざとらしく自分の身体をセナイダの腕に押し付けたら驚いてくれたので、ちょっと満足。

「アレはね――」

さあて、レティシア様には存分に想いを成就《じょうじゅ》していただきましょう。

ただし、大惨事《だいさんじ》の巻き添えはごめんだから、一刻も早く立ち去らせてもらうわ。

■当日八時半　サイド　侯爵令嬢

レティシアは王弟フェリペを慕《した》っている。恋心も抱いている。

かと言って彼女は、自分がフェリペの伴侶になろうとは考えていなかった。

フェリペが誰とも結婚せずに単身のまま過ごすのは、兄である国王と争いたくないからだと承知している。

それで彼女もまた婚姻を結ばないままの道を選んだのだ。自分はただ末永く彼の傍《そば》にいられれば、そしていつか少しでも女性として見てもらえれば、良かったから。

ところが、そんな淡い想いを抱き続ける日々に激震が走る。

男爵令嬢ルシア。その娘が姿を見せてから全てがくるいだしたのだ。

最初は礼儀作法の行き届いていない田舎娘《いなかむすめ》という認識でしかなかった。

しかしルシアが声をかけるごとに、王国と国王たる兄を第一に考えていたフェリペの心が軟化していったのだ。

ここ最近など、レティシアの前で彼女の名を語る始末ではないか。

取るに足らない小娘だと蔑《さげす》んでいたのに。しかし今はどうだ？　王弟の心の中に占めるルシアの割合は、もはやレティシアどころか兄や国以上ではないか？　執務と責務に向けていた情熱が、ルシアを振り向かせるために傾いていていないか？

「殿下、あの者が出入りするようになって、政務の効率が落ちております！　どうか貴方様の口よりあの者に来ないよう命じてくださいませ！」

レティシアが我慢ならずに王弟に意見を述べたのは、彼が真昼から何処《どこ》か呆《ほう》けていたせいだ。

ルシアに思いを馳《は》せているからだと悟《さと》った彼女は、たまらずに声を張り上げる。

これ以上悪化すれば執務が滞《とどこお》る、など建前。本当は愛する王弟がこれ以上知らない人間に変わっていくのが耐えられなかった。

ルシアが王太子や宰相嫡男達――国内でも有数の将来有望な子息を虜《とりこ》にしているとの噂《うわさ》は、既《すで》に耳にしている。

仮にレティシア自身が侯爵家の者として釘を刺しても、ルシアの親衛隊と化した男達が彼女を庇《かば》おうと立ちはだかるのは明白だった。

故に、王弟自身より彼女へ注意してもらうほかなくなっている。

「レティシア。それは私への命令か？　それとも忠告か？」

「……っ!?」

しかし、その一言でレティシアは察してしまった。

もはやルシアはその両方の手で王弟の心と魂《たましい》を握ってしまったのだ、と。

ルシアを遠ざけるよう申し立てたレティシアに王弟が送った眼差《まなざ》しは、長い間付き添った彼女に向けるものとは思えないほど冷たかった。

恋を抱いていた少女を蔑《ないがし》ろにされた怒り、自分の心を分からない者への失望。王弟の意図がどうだったにせよ、レティシアの心は張り裂けんばかりになる。

「……滅相もございません。ですが、案件の処理が滞《とどこお》り始めているのは紛れもない事実でございます。このまま見過ごすわけにはまいりません」

「なら私が気を付ければいいだけだ。話は終わりか？」

このやりとりを境《さかい》に、レティシアは二つの課題への解決策を探り始める。

一つは、王弟の心からどう男爵令嬢を消すか。

一つは、男爵令嬢をどう王弟から遠ざけるか。

しかし、レティシアが何を企《たくら》もうと未然に防がれ、やったことはことごとく失敗する。

邪魔する者は王太子であったり将軍嫡男だったりと様々だったが、共通するのは全てが狙いすましたかのように絶妙な返しだった点だ。賊に襲わせても、男爵家を苦境に陥《おちい》らせても、彼女達は必ず乗り越えてきた。

それはまるで、自分の手が全て見透《みす》かされていたかのように。

神が忌々《いまいま》しい男爵令嬢を祝福しているかのように。

既《すで》にレティシアの敗北が未来で約束されているかのように。

追い詰められたレティシアは禁じ手に踏み切る。

王弟の片腕である己《おのれ》に誇りを抱いていた彼女が、こればかりはするまいと固く誓っていた一手。

それは、自分が女性としての魅力で王弟を誘惑するというものだった。

勿論《もちろん》、王弟とそう変わりない年齢の彼女が王弟を誑《たぶら》かせるはずもない。

絶世の美女と讃《たた》えられたのも今は昔。可愛いだけなら既《すで》に老い始めた今のレティシアを凌《しの》ぐ者は大勢いる。もはやルシアにすら敵うまいと、彼女は自覚していた。屈辱《くつじょく》ではあったが。

故《ゆえ》にレティシアは王国有数の商会にとある品物を手配する。一飲みで殿方の理性を崩壊させ漲《みなぎ》る欲望に忠実にさせる薬品、すなわち媚薬だ。

商会の者は彼女に忠告した。量を誤れば対象を廃人にしかねない劇薬にもなり得る、と。

それでも構わない、とレティシアは思った。それくらい強力でなければ王弟の強固な理性は崩せない。

けれど、そんな彼女の野望は打ち砕かれた。他ならぬルシアと彼女に好意を抱く男性陣によって。

彼女の誤算は、媚薬を発注した大商会の子息までも、ルシアが毒牙にかけていると気付かなかったこと。

将軍嫡男に取り押さえられたレティシアは、王太子とルシアの前に跪《ひざまず》かされた。王太子の手には入手しそびれた媚薬がある。王太子の鍛《きた》えられた腕にはルシアのか細い両腕が絡みついていた。

レティシアの目には、ルシアが勝ち誇った笑みを浮かべているように映る。

「レティシア嬢。どうかこれからも叔父上の最良の忠臣であってほしい。貴女《あなた》の心がけ次第で私はこの件を胸にしまい、叔父上や父上には報告しないつもりだ」

王太子の忠告は女としてのレティシアに完全敗北を突き付けた。

「駄目ですレティシア様。心を蔑《ないがし》ろにする愛なんて間違っています！」

男爵令嬢の指摘は、もはや事態は手遅れなのだとレティシアに絶望を与えたのだ。

そして今日、王弟は学園の交流会に参加すると公言した。

ルシアは甥《おい》と想い合っている、悪意を振り撒《ま》く魔女たるアレクサンドラを退《しりぞ》ける、など。王弟は嬉しそうにレティシアへあれこれ説明する。決して頼んでもいないのにまるで呪詛《じゅそ》のように。

「愛しているのですか？　彼女を」

「ああ。私はルシアを愛している」

「あの小娘にとって貴方様は、数多くいる自分に愛を振り撒《ま》く殿方の一人にすぎなくても？」

「彼女が私をこの上なく愛するかどうかは問題ではない。私が彼女の傍《そば》にいたい。それだけだ」

では私は？

そう、レティシアは愛する彼に問えなかった。

その消極性がこの結果をもたらしたんだと後悔はある。けれど、今更思いを打ち明けたところで今の王弟にとっては煩《わずら》わしいだけだろうことは容易に想像できた。

それでも、王弟が彼個人の幸せを見つけ出したことを祝福できない。自分の醜悪《しゅうあく》な想いは、もはや捨てられなかった。

レティシアは明日になったら辞意を彼に伝えるつもりだった。

それは王弟の傍《かたわ》らで励《はげ》んだ執務だけでなく、もはや意味のなくなった人生そのものにも。

自殺では死後救われない、などといった神の教えなど知らない。彼女には、既《すで》にここが地獄に他ならない。

惨《みじ》めな思いを抱き続けるくらいなら、せめて王弟に想いが露見しない程度に取《と》り繕《つくろ》えている今のうちに、この茶番劇に幕を下ろさないと。

そう彼女は固い決意を抱いた。

――その日の朝、公爵令嬢が来訪しなければ。

「殿下。小休止のお時間です。せめてこちらの紅茶をお召し上がりください」

レティシアはためらわずにアレクサンドラの贈り物を紅茶に混入させた。学園の交流会に参加するために執務に励《はげ》む王弟の舌は、普段と少し異なる味にも気付かない。

アレクサンドラの悪意、レティシアの愛憎はそのまま喉へ流し込まれていく。

――手に入れ損ねた媚薬、それが贈り物の正体。

「……？　殿下、どうかなさいましたか？」

「……いや、何でもない」

効果はたちまちに現れた。

王弟の息が荒くなり、動悸も激しくなったのか胸元を軽く押さえている。汗を流し始め、目線もおぼつかない。

「殿下、やはり少し休まれた方が……」

「……っ⁉　く、来るな！　何でもないと言っている……！」

レティシアは自席から立ち上がって、王弟の傍《そば》に寄る。

彼はレティシアに視線を向けた途端、目を血走らせたものの、歯を噛み締め、手を向けてレティシアを制した。

レティシアはその瞬間だけは怯《ひる》んだが、唇を結んで王弟に身を寄せる。

「隣室でお休みください！　私が支えますので、さあ参りましょう……！」

「やめろ……！　本当に何でもないんだ……！」

「そんな様子で仰《おっしゃ》られても説得力がまるでございません！　少しはご自愛なさいませ！」

他の文官にそのまま執務を続けるよう命じ、王弟を支えたまま隣室へ移動する。

そんな行動は全て、ただならぬ様子の王弟を案じたため。王弟の異変を前にして一服盛ったことは頭から消え失せており、彼女は本気で王弟を心配していた。

もっとも、王弟にとってはそうもいかない。

彼の身体を支えるレティシアの身体も、押し付けられる豊満な胸も、慣れない力仕事に荒くなる吐息も、ほのかに紅色に染まる頬も、彼女の匂いも。

全てが瞬《またた》く間に理性を粉々に打ち砕く。

「さあ、そこで仮眠をお取り――」

「レティ、シアぁぁあ！」

「きゃあぁ⁉」

仮眠用のベッドに王弟を寝かせようとしたレティシアは、気が付けば押し倒されていた。

普段の厳格な姿からは考えられないほど血走った目を見開き歯をむき出しにして息を荒くした彼は、無造作にレティシアのドレスを掴むと乱暴に引き裂く。

思わず悲鳴をあげて曝《さら》された胸を手で押さえようとしたものの、恐ろしい力で王弟に取り押さえられたレティシアは身動き一つ取れなかった。

「逃げ、ろ……！　私は……お前を傷つけたくは、ない……！」

王弟はかろうじて残った理性を総動員して噴出する欲望を抑え込み、彼にとっては妹同然の令嬢に懇願《こんがん》する。

レティシアは、自分で押し倒しておいてそれはないだろうと呆《あき》れつつも、荒々しい最愛の殿方の豹変《ひょうへん》に怯《おび》え、同時に、とうとう自分に欲情したのだと歓喜に打ち震えた。

レティシアは腹黒い打算もルシアへの憎悪や嫉妬《しっと》も、王弟への尊敬の念すら捨てて、ただ微笑《ほほえ》む。

込み上げる愛しさと喜びで涙を流しながら。

「ずっと愛しておりました、フェリペ様」

レティシアは非道な薬に手を出さねば踏み切れなかった己《おのれ》を恥じてもいる。

「苦しいのでしょう？　どうか私めを思うがままに滅茶苦茶になさってください」

しかし、今、王弟の瞳に自分しか映っていない事実に比べれば、取るに足らない。

レティシアの慈愛に満ちた一言は、王弟の理性を完全に崩壊させるには充分すぎた。

「レティシアぁぁ！」

そうして王弟は容易《たやす》く一線を越えた。

■当日九時　サイド　ヒロイン

結局、わたしの愛しいルシアと王太子アルフォンソは日が昇るまでお楽しみでした。

アルフォンソは夜明け前に王宮へ帰っていきます。

結ばれたとはいえ、二人の仲はまだ非公認。所謂《いわゆる》、朝チュンと前世で呼ばれていた現象にならないよう、ルシアが一旦の帰宅を王太子に促《うなが》した形です。

「愛しているよ、ルシア」

「はい、アルフォンソ様」

もう何度目かも分からない愛の囁《ささや》き、そして口付け。

二人は互いの想いを確かめ、そして生涯共に歩んでいくと誓ったのです。

ルシアはアルフォンソの姿が見えなくなるまで外で見送って、見えなくなるとはしゃいで喜びを露《あら》わにしました。

今日はいよいよ大詰め。ルシアと共に歩むと誓ったアルフォンソが悪役令嬢に引導を渡す瞬間が刻一刻と近づいていています。

『どきエデ』最大の佳境であり、見せ場とも言っていい場面を、ルシアは今か今かと待ちわびているのです。

「アルフォンソ様……実物は乙女ゲームなんて比べものにならないぐらい素敵だったわ」

「甘美なひと時を送れたようで良かった。けれど『どきエデ』の本編はまだ終わっちゃいない。最後まで油断は禁物でしょう？」

ルシアはとろけた顔で下腹部を愛《いと》おしそうにさすりました。

わたしは幾多の困難を乗り越えて結ばれた二人を祝福しながらも、あえて少し強い口調で現実を突き付けます。

わたしの指摘を受けてようやく我に返ったルシアは、慌《あわ》てて頷《うなず》きました。

「アルフォンソがアレクサンドラを婚約破棄して『どきエデ』は終わりになる。上手《うま》く逆ハーレムエンドを迎えられそうなの？」

「うん、ここまでは順調だったわ。危惧《きぐ》してた『どきエデ』の展開が覆《くつがえ》されるような異常事態も起こらなかったし」

「ルシアの他にも転生者がいるかもしれない、だったよね？　いないのなら、ヒロインを演じていれば脚本通りの顛末《てんまつ》になるんでしょう？」

「そう、なんだけれど……」

ルシアはヒロインを完璧に演じる間も不安でいっぱいでした。

別の転生者が勝手に動けば、話がくるうかもしれない。そうなれば、たかが男爵令嬢でしかない自分は不相応な態度を咎《とが》められやしないか、と。

けれどこれまでルシアが王太子達に大胆に接近しても、貴族令嬢らしくない振る舞いをしても、作中の描写から大きく逸脱する挙動をした者はいませんでした。

だからルシアはいけると確信してここまで突き進んでいたのです。

……つい昨日までは。

学園に顔を出した彼女は、今、いらだっていました。

「随分《ずいぶん》と浮かない顔だけれど、昨日まで『順調よ！』って満面に浮かべてた笑みはどうしたの？」

原因は分かりきっている。

愛に包まれて幸せの絶頂にいたルシアを不安にさせるのに充分すぎる事態が起こっていたのです。

けれど傍《はた》から見たら、いつも通りの日常。不安に支配されたルシアは挙動不審としか思えません。

「聞いたでしょう？　バルタサル様がお休みになられてるの」

「下痢だったっけ。あの方にしては珍しい。腐った物を食べたって平気な顔をするほど鋼《はがね》の胃をしてたのにさ」

「それにロベルト様も体調を崩されて欠席されてるし」

「まだ寒い時期なのに掛布団を剥《は》いで寝てたんだって？　莫迦《ばか》だよアイツも」

「それにマリオ様だって来てないのよ」

「家事都合って何かな？　父親にやんちゃがばれたとか？」

本来、逆ハーレムルートにて公爵令嬢アレクサンドラを断罪する場にいるべき攻略対象者達が、姿を見せていないのです。

他の令嬢達の噂《うわさ》を聞く限りでは、彼らは揃《そろ》って深刻な事態に陥《おちい》っているようでした。今日の夕方開かれる交流会までに好転するとはとても思えず、彼らの参加は絶望的でしょう。

ルシアはそんな衝撃の事実に愕然《がくぜん》としているのです。

でも、ごめんねルシア。わたしには狼狽《うろた》える貴女《あなた》もとても素敵に思えてならない。

「それに、アレクサンドラ様ご本人が来ていないのよ！」

「彼女が？　どうして？」

「建前の理由は女の子の日が重くてつらいから、だったかしら？」

「だとしても珍しい。しかもよりによって今日不調だなんてね」

更には悪役令嬢アレクサンドラ当人が、異様な行動を取っていました。勿論《もちろん》『どきエデ』ではそんな描写は一切ないと、ルシアは主張しています。

わたしも驚きです。

ルシアの説明が正しければ、乙女ゲーム内での最終の行動選択をする一週間前まで、彼女はただ作中描写通りの悪役令嬢であり続けていました。だから警戒を緩めて安心していたのに、まさか当日になって事態が急変するなんて。

やっぱり現実はゲームのように上手《うま》くいかないのでしょうか、それとも――

「じゃあ、ルシアはアレクサンドラが自分と同じように前世とやらを思い出したんじゃないか、って疑っているの？」

「間違いなくね。そうとしか考えられないわ」

「だとしてもどうするの？　彼女も『どきエデ』を知る転生者だったら、折角《せっかく》ルシアが造り上げた逆ハーレムエンドへの脚本から脱出されちゃうでしょう」

「ま……まだ慌《あわ》てなくても大丈夫よ」

ルシアはまだ充分な勝算があると力説しました。

全ルートを通じてヒロインの味方をする王太子は無事で、先ほど会った担任教師にはどこも変わった様子はありません。最悪王弟に対策を打たれていたとしても、二人いれば充分悪役令嬢を追い詰められると踏んでいるそうです。

「それにね。たった一日じゃあ彼をどうにかするなんて無理よ」

「彼って、ルシアが暗黒って呼んでる最後の攻略対象者？」

「そうよ。彼は出現させるだけでも骨が折れるもの」

「そうなんだ。じゃあ勝負はまだ分からないね」

ルシアは明るい未来に思いを馳《は》せて楽しそうな笑顔になりました。

話し相手になっているわたしは、そんなルシアへ微笑《ほほえ》みかけます。

ただルシアの思ったように都合良く行かないんじゃないか、と内心では思いました。

もし危惧《きぐ》している通りアレクサンドラが前世を思い出して破滅から逃《のが》れようとしているなら、ルシアに好意を抱く者全てを一刻も早く排除しようとするのではないか、と。

バルタサルとロベルトの不在がその結果だとすれば、ルシアが他の攻略対象者って呼ぶ殿方に対しても何らかの手が打たれていると見ていい。アレクサンドラにはそれを可能とする財力と人脈がありますから。

もし企《たくら》みが失敗すれば、ルシアは恐れ多くも公爵家に歯向かった愚か者になりますね。

「愛しているよ、ルシア」

もっとも、そんな展開こそわたしの望み通りなのですけれどね。

□当日十時

王宮から逃げるように舞い戻った私は、再び大商人イシドロを迎えていた。勿論《もちろん》、昨日依頼した仕事の成果を聞くために。

「まずはこちらが、男爵令嬢邸に忍び込みました者からの報告書になります。お納めください」

「ええ、ありがとう。報酬は昨日売り払った品物の代金から引いておいてちょうだい」

脂《あぶら》ぎった顔から染み出る汗をハンカチで拭《ぬぐ》う彼は、まず羊皮紙《ようひし》の束をカバンから取り出して私に差し出した。

直接受け取ろうとしたら横からセナイダが手を伸ばして取り上げる。何をと言いかける前に「念のため確認いたします」と理由を述べてきた。

ソレを入念に調べていくセナイダは、まるで鑑定士みたいだ。文字を読み、紙の手触りを確かめ、臭いを嗅《か》ぐ。最後に羊皮紙《ようひし》を掴んでいた十の指全てを舐《な》めた。

あー、羊皮紙《ようひし》に毒が染み込ませてあったり硝子《ガラス》の粉のようなものが混ざっていたり、みたいな感じで私に害を及ぼさないかを確認してくれているのか。

「問題ありません。お受け取りください」

「私は侍女を雇ったのであって、護衛を雇った覚えはないのだけれど？」

「わたしは報酬に見合った仕事をするまでです。昨日いただきました金品は、わたしの全てと引き換えにしてでもお嬢様に尽くそうと誓わせるほどだとお考えください」

「そう。なら引き続きこの私に忠誠を誓っていてちょうだい」

少し過剰なんじゃないかと思ったものの、昨日多めに貴金属を渡したのは正解だったようね。これなら、たとえ最悪な展開に陥《おちい》ってもセナイダはぎりぎりまで私を見捨てないでいてくれるでしょう。危ない橋を渡る破目になったら隠し持っている宝飾品をちらつかせればいいし。

そうして私は大商人イシドロからの報告書を読んでみたのだけれど……正直、唖然《あぜん》としてしまった。

セナイダの方に視線を移したら、彼女も困るとばかりに視線を逸《そ》らしたし。私は頭痛を起こしそうでこめかみに手を当てる。

「何なのこれは？　官能小説？」

「いやはや、雇った仕事人は調査報告書を小説風に書く癖がありますが、それにしてもコレは酷《ひど》い」

芋女《いもおんな》がアルフォンソ様を自宅に招いて最後の一線を越えることは想像できていたわ。逆ハーレムルートに突入しておいて初夜イベントをスルーするなんてあり得ないわよね。その対象がアルフォンソ様なのも分かりきっている。

けれど、蓋《ふた》を開けてみたら、現実は乙女ゲームとか少女漫画の描写とは、かけ離れていたわ。

私はせいぜい生まれながらの姿で抱き合って互いの名と愛を語り合うっていう、ソフトな感じかと思ったのに。

もう自分達の立場とか理性とか色々吹っ飛ばして互いを貪《むさぼ》り合うけだもの二匹の、実に生々しい行為が事細《ことこま》かに記《しる》してあるじゃないの。

「……まあいいわ。昨夜の時点ではまだ私が王太子殿下の正式な婚約者。そんな私を蔑《ないがし》ろにして他の女に欲望の赴《おもむ》くままに手を出したのだから、責任問題になるわよねえ？」

「左様でございますなあ」

婚姻前なのに婚約者を蔑《ないがし》ろにして愛人と愛し合う。それがどれほど無礼で計り知れぬ失態かは誰の目から見ても明らか。

アルフォンソ様が批難を覚悟の上なのかはさておき、私は責めの口実として最大限利用させてもらうだけよ。

「ところでアレクサンドラ様。ものは相談なのですが、明日その報告書を私めに売っていただけませんでしょうか？」

「コレを？　妻子もいる貴方が何に使うのよ？　……まさか個人用？　貴方、奥様とは最近ご無沙汰なの？」

「とんでもない！　わしはこの年になっても妻とは欠かさず愛し合って……うぉっほん！　私めの個人的な楽しみにするつもりなどございませんぞ。見損なわないでいただきたい。ここまで緻密《ちみつ》な描写であれば、本として売り出せるのではないかと思いましてな」

「本？　……こんな色欲まみれなものを複写させるぐらいなら、職人にもっとマシな仕事させなさいよね」

木版印刷が主流の王国で、本は貴重品かつ嗜好品《しこうひん》。公爵家ともなれば結構な数を保有しているのだけれど、一般庶民には贅沢《ぜいたく》この上ない。精々貸本屋を頼るくらいね。官能小説の写本を出回らせるなら、聖書の一つや二つでも多く作りなさいよ。

呆《あき》れ果《は》てる私に大商人イシドロは結構な値段を提示してきた。しかも一回写し取ったらまたこちらに返すとまで言ってくる。

いや、別に返してほしくないから差し上げるわよ。むしろこちらから処分の費用を出してあげてもいいほどね。

とりあえず、ある程度の値で買い取ってもらうことで商談を成立させ、本題に戻る。

「で、それより他の仕事の成果を聞かせてちょうだい」

「では簡潔に。将軍閣下のご嫡男様は貴女《あなた》様の思惑《おもわく》通り腹を下しました。おそらく半日は手洗いにこもりっきりでしょうな」

「あら、いくら身体を鍛《きた》え上げていても内側はあまり強くなっていなかったのね」

「続いて宰相閣下のご嫡男様も今朝方高熱を出してしまわれたそうですな。まだ夜は冷えますのに布団も掛けずに寝ていたとか」

「よほど寝相が悪かったのかしら？」

よーしよし。これで計画通り将軍嫡男バルタサル様と宰相嫡男ロベルト様は脱落ね。

いやあ、あの澄ました騎士気取りのイケメンが便所で情けない声を出していると思うと笑いが込み上げてくるわ。その様子を見物する楽しみは将軍閣下のお屋敷に勤める使用人の皆さんに譲って差し上げましょう。

「ところでアレクサンドラ様。昨日お譲りしました例の薬についてですが……」

「ああ、アレ？　昨日も用途については詮索無用と言ったはずだけれど？」

「いえ。実はこちらへ赴《おもむ》く前に王宮で起こった騒ぎについて耳にしましてな」

「へえ、私は王宮で朝食をとったけれど、別にいつも通りだったわよ」

私がセナイダに目くばせすると彼女も軽く頷《うなず》いた。

イシドロは面白い話を耳にしたとばかりに笑いをこぼしている。正直、にちゃあって擬音が聞こえてきそうで気持ち悪いので、やめてほしい。けれど、そうしたくなる気持ちが充分分かっているのであえて口にはしなかった。

「何でも王弟殿下がご乱心あそばして、お付きのご令嬢に乱暴を働いたとか」

「乱暴！　あの王弟殿下が暴力を働いたなど信じられませんわ！」

「いえ、確かに暴力は暴力なのですが……どうも襲ったんだそうですよ」

「嘘……そんなの嘘よ。王国と陛下に忠誠を誓われた殿下が、そのような罪を犯すはずがないわ」

目も口も三日月にしたイシドロは、声を潜《ひそ》めて言ってきた。

私は白々しくも彼の発言を一切合切真実だと認めずに声を張り上げておく。

やんごとなきお方への侮辱《ぶじょく》に怒りを露《あら》わにしない時点で茶番なのだけれど、それを指摘する無粋《ぶすい》な輩《やから》はこの場にいない。

「お付きのご令嬢って、まさかレティシア様？　あの男性の文官顔負けなほど優秀で聡明な方がそのような目に遭《あ》われるなんて……」

「扉を破った王宮近衛兵《このえへい》は凄《すさ》まじい光景を目の当《まあ》たりにしたそうですぞ」

そこから説明された場面は、わたしの記憶にもあった。

呆然自失としてもなおも男の象徴を滾《たぎ》らせて興奮気味な王弟殿下、そして衣服を引き裂かれて見るも無残なほど淫《みだ》らに乱れたレティシア様。まさしく『どきエデ』王弟ルート攻略失敗イベントの再現だ。

確か理性を崩壊させてレティシア様を傷物にした王弟殿下は、恋心を抱いていたヒロインに顔向けできず、責任を取る形でレティシア様を伴侶とするんだったわね。想いを成就《じょうじゅ》させたレティシア様にとっては、待ち侘《わ》びた瞬間だったでしょう。

「おぞましい……。王弟殿下への失望を禁じ得ません」

「しかし堅物な殿下も一人の男だったと安心する声もあがっておりますなあ」

「汚らわしい憶測で辱《はずかし》めるのはやめなさい。そのお喋《しゃべ》りな口を縫い合わせるわよ」

「何を仰《おっしゃ》いますか。貴女《あなた》様がけしかけた……おっと失礼、私めの勝手な想像ですぞ」

それは言ってはいけないお約束よ。私は何も関知していない。いいわね？

さて、これで昨晩解雇したヘラルドの奴を合わせて五人もの攻略対象者に退場してもらったわ。

メインディッシュのアルフォンソ様は本番まで取っておくとして、残るはあと二人。その内、芋《いも》女《おんな》の担任教師については既《すで》に手は打ってあるから吉報を待つばかりね。

残るは最後の攻略対象者、か。

王弟殿下が攻略上最難関だとしたら、最後の攻略対象者はルートの突入条件が最も厳しい。何せ一つでも選択を誤るとフラグが消滅してバッドエンド突入するし。

加えて、公爵令嬢アレクサンドラとは一切接点がない人物だ。むしろどんな理由があったって関わりたくない危険な存在だって断言できる。

「それで、頼んでいた最後の仕事はどうなの？」

「勿論《もちろん》終わっていますぞ。こちらがご要望の情報ですな」

期待半分だったのに、さすがは大商人イシドロだと褒《ほ》めてあげるわ。

私は思わずほくそ笑みながらメモ書きをイシドロより受け取った。

セナイダもまさか本当に情報の入手に成功するとは思っていなかったようで、軽く驚きを露《あら》わにする。興味津々《しんしん》で私が手にする羊皮紙《ようひし》に視線が釘付けになっているわよ。

「連絡はしておきましたので記載の時刻に足を運んでいただければ」

「そう。よくやったわ」

待っていなさい芋女《いもおんな》。貴女《あなた》の取り巻きを一掃して丸裸にしてあげるわ。

■当日十一時　サイド　公爵令嬢

「失礼、ちょっとよろしいかしら？」

「カロリーナ、どうかしたか？」

授業の合間に一旦職員室に向かおうとしていた教師テオドロは、後方からハープを奏《かな》でたような美しい声に呼び止められた。

振り向いた彼の目に映ったのは、貴族令嬢の鑑《かがみ》とまで讃《たた》えられる公爵令嬢、カロリーナだ。仕草一つ一つが洗練され、大半の男性が一度は目を奪われるほど見目麗《うるわ》しい彼女だったが、テオドロは特に何の感慨も覚えなかった。既《すで》に彼の心はとある者が占めていたから。

彼は教え子の一人であるカロリーナに対して優しく、しかし事務的に接する。

「先生。わたくし、良からぬ噂《うわさ》を耳にしましたの」

「それは結構。女性が会話に華を咲かせるのは大変素晴らしい。しかし、それが私と何か関係があるのかな？」

「当然ございますとも。先生にとって甚《はなは》だ不本意な悪評でしょうが……」

――貴方様の不純異性交遊についてなのです。

カロリーナの声がほんのわずかながら低くなる。

テオドロは顔色を変えずに軽く頷《うなず》いた。

休み時間中である今は、大半の学生が用を足したり次の授業の準備をしたりしているばかり。廊下に出て賑やかにする者はあまりいない。

カロリーナとテオドロが向かい合う様子を目撃した数少ない生徒も、単に授業の質問でもしているのだろうと勝手に思い込んですぐに興味を失う。

それほど二人が向き合う様子は、何の変哲もない日常の光景に見えた。

「成程。これまで大きな失敗も成功もしないまま平穏な人生を歩んできたつもりでしたが、私もとうとうあらぬ噂《うわさ》という嵐を迎えることになるとは感慨深い」

「先生も知っておいででしょうけれど、学園に勤める教職員と生徒との恋愛はご法度《はっと》ですわ。正式な婚約関係を結んでいれば例外として認められるでしょうけれど、先生はそうではございませんわよね」

「カロリーナがどのような噂《うわさ》を耳にしたかはあまり想像できないが、私は貴女《あなた》が言うようないかがわしい真似はしていないいな」

「あら、そこまで断言してしまってよろしいのです？　事実とは先生が思っていらっしゃる以上に脆《もろ》く暴かれやすいものですわよ」

カロリーナは懐《ふところ》の内ポケットから手帳を取り出し、幾何学模様が切り抜かれたしおりを手帳の端《はし》へ移動させる。

たったそれだけの挙動にも拘《かか》わらず、その繊細《せんさい》な指使い、少し捲《まく》れる衣服などが目を引く。他の男性が見たら、心を奪われていたかもしれない。

そしてカロリーナは透《す》き通《とお》った声で讃美歌のように、手帳に書かれたことを読み上げる。

テオドロは聞《き》き惚《ほ》れるどころか、彼女が口にした日付と時刻を耳にして顔を強張《こわば》らせた。それまで顔に張り付かせていた勤務用の笑顔は、もはや見る影もない。

「先生は男爵令嬢のルシアさんと一緒に街を散策されたそうですわね。先生の変装は完璧だったようで、ルシアさんの同級生が彼女に声をかけた際には相手の男性が先生だと気付かなかったとか」

「……あいにく私には覚えがないな。きっと見間違えたんじゃあないか？」

「劇場に行かれたのかしら？　確かその日は有名な劇団が来訪していたとかで、中々券を入手しづらかったと聞いていますわ。演目は悲恋が題材でしたか。その後、王都でも著名な料理店でお食事を楽しんだそうで」

「だから、先程から君が何を言っているのか分からないな」

「あら、あくまでとぼけるおつもり？　よろしい、お二人の逢瀬《おうせ》は何もこの日ばかりではありませんわ」

カロリーナは何時《いつ》何処《どこ》でテオドロがルシアと待ち合わせて、どんなデートを楽しんだかをつらつらと読み上げていく。

最初はなんとか余裕そうに微笑《ほほえ》んでいたテオドロだったが、もはや隠しようもなく顔を引きつらせた。その反応に、カロリーナ自身が内心で驚く。

というのも、実はカロリーナが披露している情報は、全て昨日の晩にアレクサンドラから教えられたもの。カロリーナ自身は、そんな戯言《ざれごと》じみたことが本当にあったとは信じていなかった。

ただ、自分と同じ公爵令嬢として育ち、互いに切磋琢磨《せっさたくま》し合った好敵手が嘘を言っているとも思えなかっただけだ。

ちなみに、そのアレクサンドラの情報があまりにも具体的だったのは当然のことだ。

彼女は『どきエデ』先生ルートを思い出しながら喋《しゃべ》っていたのだった。

乙女ゲーム内の展開と多少差異はあれど、ヒロインが逆ハーレムエンドを狙う転生者なら、大筋で脚本をなぞっているはずだと当たりを付けたアレクサンドラは、カロリーナに洗いざらいを教えたのだ。

「驚いたよ。まさか私と彼女の行動をここまで調べ上げているとはね」

話が最近まで差し掛かった辺りで、とうとうテオドロはカロリーナの言葉を遮《さえぎ》った。

彼は片方の手は腰に当てて、もう片方の手で前髪をかき上げる。

格好いい仕草だ、とこの場にアレクサンドラがいたら思っていただろうが、カロリーナは逆に気《き》障《ざ》に感じた。

「半信半疑でしたが、まさか本当だったなんて……。ではお認めになるのですね？」

「誰かに追跡されていたようには感じなかったのだがね。公爵家の人脈でそうした調査に長《た》ける者を雇ったのかな？」

「先生。どうしてこの事実を知ったか、は些細《ささい》な問題でしかありませんわ。肝心なのはこの事実を突き付けられて貴方様がどうなさるのか、ですの」

「別にどうも。これまでと変わりはないさ」

テオドロは特に悪びれもせずに平然と言葉を紡《つむ》いだ。

カロリーナはそれを開き直りと受け取って憤《いきどお》りを覚える。

自分の非行を棚上げして日頃ルシアを庇《かば》い、アレクサンドラに上から目線で注意していたのか、と。

「先生とルシアさんの不純異性交遊はこのように克明《こくめい》に記録されています。学園長や然《しか》るべき方々に提出をすれば、貴方様はそこでお終《しま》いになりますわ」

「あいにく君の主張には証拠がない。根も葉もない虚言だと私が主張したらどうする気なのかな？私はそう簡単に疑われるような態度で毎日を送ってきたつもりはないのだが」

「……っ」

カロリーナは言葉に詰《つ》まった。

彼の主張はもっともで、テオドロの学園教師としての評判は良い。

いかに公爵令嬢のカロリーナとはいえ、学園では学生の一人にすぎなかった。更にルシアがらみの件となれば王太子達がテオドロを庇《かば》い立《だ》てするかもしれず、その場合は強引に責めたところで劣勢なのは否《いな》めない。

この手は使いたくなかったのだが、とカロリーナは重く息を吐いて手帳の頁《ページ》をめくる。

記《しる》されていたのは、アレクサンドラからテオドロがルシアとの交友を否認した際の最終手段だとの前置きで伝えられた、とっておきの情報だ。

「疑問だったのですが、先生方はどうしてルシアさんに惹《ひ》かれましたの？」

「その発言はそもそも前提が誤っているのではないかね？」

「確かに王太子殿下方一部の者にとって、彼女はご自身の苦しみや悲しみ、そして喜びも全て分かってくれる女性なのかもしれませんわね。ですが、同性の目線から見れば、彼女は全く美しくありませんわ」

「……それは彼女が君達に見劣りしていると言いたいのか？」

気乗りがしないにも拘《かか》わらずカロリーナがこれを続けるのは、ひとえにこれ以上ルシアの好き勝手を許すわけにはいかなかったから。友人かつ好敵手のアレクサンドラのためだけではない。貴族令嬢としてのカロリーナ自身の誇りもかかっている。

カロリーナが言葉を並べるたびに、テオドロの表情が険しくなっていく。

「別に外見だけの話ではありませんわ。わたくしから言わせれば彼女は小娘ですの。世界が物語みたいに都合良く動くと思い込んでいる少女と大差ないでしょう」

「小娘とは随分《ずいぶん》と辛辣《しんらつ》だな」

「更に彼女には貴族の女性を内心で小馬鹿にしている節が見られますし。おそらく腰を細くするために締め上げたり足を小さく見せるようきつい靴を履いたりするのもうんざりしているのではないかしら？」

「彼女が君達が常識と思っている事柄に疑問を抱いているのは否定しない」

「ただの庶民でしたら貴族の誇りや義務を理解できないのも無理はございません。住む世界が違うのですもの。ですがあの娘は曲がりなりにも男爵令嬢。その身分を弁《わきま》えもせずにご自分が舞台の主役であるかのように振る舞う姿……子供と呼ばずして何とお呼びすればいいでしょう？」

「子供、だと……？」

テオドロの声色に怒気が混ざる。

普段温厚だった教師の豹変《ひょうへん》にカロリーナは軽く驚いた。

「ルシアは私の母親になってくれるかもしれない女だ！」

そしてその言葉に、昨晩アレクサンドラから耳にした信じられない発言が真実だったのかと呆《あき》れ果《は》てる。

『テオドロ先生はね、あの芋女《いもおんな》に母性を感じているのよ』

アレクサンドラはカロリーナに説明しなかったが、テオドロは幼少の頃に母親を失っていた。その反動で、彼はかすかに覚えている母の面影《おもかげ》を女性に見るようになったのだ。たとえ自分より一回りも幼い少女が相手であっても。

しかし、学園を物語の舞台とする『どきエデ』の本編中において、テオドロは数少ない大人の男性キャラ。その落ち着いた頼もしい姿に貴族令嬢達は父性を感じて憧れる。そんな幼い者達にテオドロが恋心を抱けるはずもなく、ただ時間だけが過ぎていった。

そして、テオドロは出会ったのだ。

自分を温かく包み込んでくれる存在に。

「気持ち悪い……」

まだ成人していない少女に母性を求めるテオドロにカロリーナの抱いた感想は、その一言に尽きる。アレクサンドラも同意を示しつつ、理解できない存在を理解する必要などないと淡白に言い放っていた。

カロリーナはせいぜい話半分と思い込んでいたが、実際にとんでもないことになっていたのだ。

彼女は頭痛を堪《こら》えつつも、テオドロを見据《みす》えた。

「先生。貴方の身勝手な感情が、どれほどルシアさんを危険に曝《さら》すか分かっておいででしょうね？」

■当日十一時半　サイド　公爵令嬢

「――先生。貴方の身勝手な感情が、どれほどルシアさんを危険に曝《さら》すか分かっておいででしょうね？」

公爵令嬢カロリーナは教師テオドロを強い視線で睨《にら》んだ。一方で彼女は相手に気付かれないよう一歩後ろに下がる。

先ほどテオドロが怒りを露《あら》わにした際に詰め寄ってきた分だけ距離をとるためだ。

「私がルシアを危険に曝《さら》すだと？」

「先ほども申し上げた通り、教職員と生徒の恋愛は学園においてご法度《はっと》。先生方の不健全なお付き合いは当然、それに反しますわよね？　先生はルシアさんと口裏を合わせて秘密のままにしたいようですが、先ほどの醜態《しゅうたい》を見る限りとても隠し通せるとは思えませんわ」

先程テオドロはカロリーナが口にした軽い批判に憤《いきどお》った。

教師として生徒同士の罵《ののし》り合《あ》いに対応するなら事情を聞いた上で叱《しか》る義務はあれど、片方の肩を持って憤慨《ふんがい》するなどもっての外《ほか》。そうした反応だけでも、両者がただならぬ関係だと決めつける材料になり得る。

「これでもわたくしはかなり和《やわ》らげて表現しているつもりですわ。ですが、ルシアさんへ不快感を抱いている方々はどうされるでしょう？　そう、例えばアレクサンドラ様だったら？」

「……っ。アレク、サンドラ……！」

「確かにアレクサンドラ様の悪意がルシアさんを傷つけたことを否定するつもりは毛頭ございませんわ。でも彼女なら先生の想いに憶測や虚偽を混ぜて大きく膨《ふく》らませて罵《ののし》るでしょう。今の貴方様は果たしてルシアさんへの侮辱《ぶじょく》に耐えられますか？」

「……っ！」

アレクサンドラの計算上、万が一カロリーナが失敗してテオドロがアルフォンソに肩入れしても問題はなかった。むしろルシアとテオドロの不純異性交遊を追及して、ルシアの社会的信頼を失墜《しっつい》させる手段が取れる。

カロリーナも、アルフォンソ達がルシアに魅了されるあまり、彼女に唆《そそのか》されて王国を揺るがす一大事を近々犯すのではと危惧していた。

そんな状態なのに、アレクサンドラが王太子達の糾弾の前にただ黙っているはずがない。彼女ならあらゆる反論、否定、ごまかし、話題逸《そ》らしのためにテオドロとルシアの関係を利用するだろうと考えられた。

テオドロもようやくその可能性に思い至ったのか、一層顔色が変わる。

「君は私が我が身可愛さに引き下がる、とでも思っているのかな？」

「無論、否《いな》、ですわね。でも、ルシアさんが教師を誑《たぶら》かした咎《とが》で退学処分になる未来は、大いに考えられますわ」

「そんなのはもう関係ない。あの子に被害が及ばぬように……」

「まさか学園教師をお辞めになると仰《おっしゃ》るおつもりで？　ええ、確かに教え子との禁断の関係ではなくなるので、公然とお付き合いできるでしょうね」

ルシアを傷つけ苦しめるアレクサンドラを断罪するために、テオドロはこれまで築き上げた人生を懸《か》けても良かった。

しかしそれは一時しのぎにすぎない。

何故《なぜ》なら悪意を振り撒《ま》く筆頭がアレクサンドラだっただけの話で、ルシアを良く思っていない令嬢は他にも大勢いるのだ。

「しかし先生。思い出していただきたいですわ」

「……何を？」

「貴方様にとって母親となるらしいルシアさんは、未だ学園では一学年なのだと」

ルシアをこれまで守り抜いてきた王太子達はあとわずかで卒業、学園内には王弟の権威も及ばず、実質彼女をこれから守れる者は二学年の商人子息のみとなる。果たしてあのたかが小金持ちの倅《せがれ》にルシアを任せられるのだろうか？

「言っておきますが、ルシアさんに学園を中退させるなど言語道断ですわ。貴族令嬢たる者、社交界においては学園の卒業を最低限求められますもの。あの娘は学園すら卒業できなかった無能、と陰口を叩《たた》かれますわよ」

それは一種のステータスでもあったが、学園を卒業した令嬢としなかった令嬢とでは教養に差があるのも事実だ。

学園並の教えを受けるために各専門の家庭教師達を雇おうと思ったら莫大な費用が必要になる。カロリーナ達公爵家ならいざ知らず、貧困にあえぐ男爵家の娘にはまず無理な話だ。

状況の深刻さを思い知るにつれてテオドロの表情が重く歪《ゆが》んでいく。

今にもカロリーナの首元に手を伸ばしてきそうな苛立《いらだ》ちが感じられた。

折角《せっかく》、一部の令嬢に見惚《みと》れられている甘い顔立ちが台なしだな、などとどうでもいい考えがカロリーナの頭の中に浮かぶ。

「……君は私に何をさせたい？」

「と、仰《おおせ》られるのは？」

「私とルシアの交際が不純で罰したいのなら、わざわざ私に声をかける必要もないだろう。君は私に悔い改めてもらいたいのか？」

「いえ、あいにくわたくしはさほど正義感に拘《こだわ》ってはいませんので」

カロリーナはほくそ笑む。その仕草は蠱惑的《こわくてき》であったが、怒りを押し殺すテオドロには神経を逆なでする効果しかなかった。

そんな余裕のないテオドロを見て、カロリーナの中で嗜虐的《しぎゃくてき》な感情が芽生える。

「簡単な話ですわ。他の誰もが当てにならぬのですから、貴方様ご自身でルシアさんを守ればよろしい」

「……それは、私が学園に留《とど》まってもいいと解釈していいのかな？」

「勿論《もちろん》条件がございます。そうですね……先生が今日の交流会に姿をお見せにならなければ、わたくしはこれらの情報について天に召されるまで黙っていましょう」

「交流会に……その程度でいいのか？　何が目的だ？」

テオドロは訝《いぶか》しげに眉をひそめた。

彼からすればたったそれだけで全てを有耶無耶《うやむや》にできるならありがたい。だからそこに、自分が思っている以上の意味があると察したのだろう。

カロリーナは想定内の反応だとばかりに優雅な表情を崩さなかった。

「結論から申し上げますと、わたくし共はルシアさんから殿方を遠ざけたいのです」

「王太子殿下方をか？」

「庶民に限りなく近い男爵令嬢風情《ふぜい》が、やんごとなき方々の気を惹《ひ》くのが気に入らないのです。幸いにも、王太子殿下方は間もなく卒業されます。しかし王太子殿下方は今後もルシアさんの傍《そば》にいられるよう画策するでしょうね。それを阻《はば》みたい、と心から願っております」

「……君の見立てでは今日それが行われると？」

「話が早くて助かりますわ。貴方様がその場におられないだけでも、ルシアさんの影響力を削《そ》ぎ落《お》とせます。先生はただ、王太子殿下方より遠ざけられたルシアさんに寄り添うだけでよろしい」

「彼らを退《しりぞ》けて私が……」

攻略対象者全ての排除を目論《もくろ》むアレクサンドラとは違い、カロリーナはせいぜい王太子、王弟、将軍嫡男、宰相嫡男さえルシアから引き離せれば良かった。

教員を始め、他のルシアに恋心を抱く者は軒並《のきな》み貴族ではない。男爵令嬢が平民の誰と結ばれようと別にどうでもいいのが、彼女の本音である。

そうカロリーナが思っていることを予想して、アレクサンドラは彼女に協力を仰《あお》いだのだ。

逆ハーレムルート特有の攻略対象者協調路線を崩すべく、独占欲を刺激する甘い誘惑を投げかけてほしい、と。蜜に溺《おぼ》れなさい、黒き囁《ささや》きを甘受なさい、と。

「傷心のルシアさんを癒《いや》すのは貴方様です。悪い話ではございませんでしょう？」

「……っ」

テオドロは口角を吊り上げ、カロリーナは微笑を浮かべる。

こうして教師テオドロは交流会への不参加を表明した。

目先の展望に捉《とら》われた彼は、それが狡猾《こうかつ》な罠だとは思い至らない。

そう、これはあくまでルシアがこれからも学園に通い続けてこそ成り立つ未来像だ。

アレクサンドラがルシアを追い詰めた結果、彼女が学園を去らねばならなくなる展開。それをテオドロが一瞬であろうと思い至ることはついにない。

(哀れですわね。アレクサンドラ様があの娘に慈悲を見せるはずがありませんでしょうに)

カロリーナは浅はかなテオドロに失望を覚えつつも、それを表には出さなかった。

□当日十二時

王国市民であふれかえる王都の一角には憩《いこ》いの場があるの。

噴水とか花畑があるかと思ったら広場や林があったりして、前世のわたしの記憶にある広い公園にわりと近いわ。

当然噴水の彫刻や花壇の凝《こ》り具合はこちらの世界が圧勝しているわね、と妙な対抗心を抱いたのは内緒よ。

そんな憩《いこ》いの場の一角のベンチに、今、私は腰を掛けていた。

まだ風が肌寒い時期にも拘《かか》わらず、日射しが暖かく私を覆《おお》う。

豪奢《ごうしゃ》なドレスを着ていたら目立つことこの上ないので、お忍びで街を散策する用の簡素な服に着替えていた。もっとも、セナイダに言わせればまだ富裕層のお嬢様に見えるらしいけれど。

指定された時刻まで何も考えずにゆっくりとした時間を過ごす。

昼寝には最適な環境なのもあって段々と眠たくなってきた。嗚呼《ああ》、この眠気に身を委ねるのが気持ちいいのよねぇ。

そんな感じにうつらうつらと船を漕いでいた時だ。

「――用件を聞こうか」

鋭く、けれど何処《どこ》か幼さを残す声が耳を劈《つんざ》いた。

眠気が飛んでしまった私は、思わず声の方へ振り向こうとした途端、「振り向くな。そのままでいろ」と忠告を受ける。

何だかわたしが知っている有名な架空の人物を連想させるけれど、王国の仕事人ってみんなこんな感じなのかしらね？

「まずは自己紹介からいたしましょう。私はアレクサンドラと申します」

私は自分の氏名を口にした。

何処《どこ》で連絡する手段を知ったのかと相手に問われたので、私は正直に大商人イシドロに聞いたと答える。

相手は「続けろ」と抑揚のない声で言い放った。無愛想だこと。

「既《すで》に調べていると思われますが、私は畏《おそ》れ多くも王太子殿下の婚約者として選ばれている者です。あの方に相応《ふさわ》しくあれと私の全てを捧《ささ》げてまいりました。ところがあの輩《やから》が姿を現してから全てがくるいました」

「男爵令嬢ルシアか」

「はい。芋女《いもおんな》……失礼、ルシアさんは大胆にも王太子殿下に馴れ馴れしく寄り添い、無作法な言葉遣いで遠慮なく接しましたの。最初は無礼な奴だと取り合わなかった王太子殿下方でしたが、いつの間にかルシアさんに心を奪われてしまいました。どうもルシアさんには人を惹《ひ》きつける魅力があるのでしょうね」

相手は沈黙する。

「義務と本当の思いが食い違う時もあると割り切りたかったのですが、婚約者がルシアさんばかりに視線を向ける状況にどうしても嫉妬《しっと》が抑えきれなくなってしまいました。最初は王太子殿下を諦めていただこうと頼んだのですが、彼女は全く取り合いませんでしたし。そのせいで、ついむきになって段々と過激になってしまいまして。どうやらそれは逆効果だったようです。王太子殿下はルシアさんに愛を、私に憎悪を向けるようになりましたの」

「お前の事情がどうだろうと俺には関係ない。仕事の話に移ってもらおうか」

けっ。この仕事人間め。一番重要な動機の部分は興味ありませんって？

ちなみに今明かした独白は、私なりに今までを整理してまとめたもの。私情を丸ごとかなぐり捨てている。

芋女《いもおんな》がいかに常識知らずで無礼で悪魔でってところまで喋《しゃべ》ると多分日が暮れちゃうものね。そんな醜悪《しゅうあく》な感情はまだ私の胸の中で渦巻《うずま》かせておきましょう。

「今日の夕方、学園では在校生が主催する交流会が執《と》り行《おこな》われます。在校生が学園を去る卒業生との別れを惜《お》しみ、学園から巣立つ卒業生を大人達が迎え入れる儀式のようなものです。その場である方を葬《ほうむ》り去っていただきたいのです」

「誰を？」

「決まっているではありませんか。男爵令嬢ルシアを、です」

事務的に口にしようと考えていたのに、思っていたより冷たく重い声になってしまったわ。

「毒殺、刺殺。手段は問いません。大衆の、特に王太子殿下の目の前で盛大に殺していただきたいのです。必要な情報をまとめた資料を入れた鞄《かばん》は私の脇に置いてあります。報酬は前払いとお聞きしていましたので持参しました」

「……その依頼を受けることはできない」

「何故《なぜ》？」

「それをお前に話す必要はない」

まさかの依頼拒否って何よそれ？

他の誰かが同じ依頼をしていて二重取りしません？　もしくは、別の仕事が重なっていて希望日に依頼を遂行《すいこう》できません？

こっちは限られた時間の中で立ち回っているんだから、是が非でも受けてもらわなきゃ困るのよ……！

――なーんちゃって。

全部分かっているのよ。茶番は終わりね。

「男爵令嬢ルシアを守るため、でしょう？」

「……っ!?」

私は芋女《いもおんな》の名を口にすると同時に手を上げた。それを合図に、所定の配置についていた者達が一斉に動き出す。

次の瞬間、私は前方に飛び出して何回か転がりながらも立ち上がり、一目散に逃げ出した。

後ろは見ない。そんな余裕はない。ダンスレッスンで足腰と持久力は鍛《きた》えられているので、それなりには走れる。

とにかく安全が確保されるまで、一歩でも奴から離れないと――!

「お嬢様、お疲れ様です」

「セナイダ……!」

ようやく通行人を装《よそお》い町娘風の衣装に身を包んだセナイダがこちらに駆け寄ってくる。彼女は私の横を通るとすぐさま身構えて、追走がないかを確認、警戒を緩めた。

私は肩で息をしつつ手を膝について呼吸を整える。

「良かった、あまり慣れない真似はするものではないわね……」

「ご自身を囮《おとり》に目標を釣り上げるなんて大それた真似など、正気を疑いますよ。次は決して許しませんからね」

「ええ、一回っきりでもう沢山。後は然《しか》るべき人にやってもらうわ……。それで目標は?」

「取り押さえには成功しているようです」

「ならもう安全ね。行きましょうか」

「えっ⁉　あ、いえ。仰《おお》せのままに」

軽く睨《にら》んでくるセナイダに同行を促《うなが》した私は、攻略対象と語り合っていたベンチに意気揚々《いきようよう》と引き返した。

あんなにも静かだった場所には、公爵家に忠誠を誓う私兵が集まっている。

そしてその中央で、先ほどまで会話していた少年が屈強な男性兵士二人に取り押さえられていた。

彼は視線だけで射殺さんばかりに私を睨《にら》み上《あ》げる。私は無様ねとばかりに嘲笑《ちょうしょう》しながら彼を見下ろした。

全部私が思い描いた通りに事《こと》が運んで、なんて気持ちいいのかしら！　彼もまさか私なんかの罠に引っかかるとは思いもしなかったでしょう。

「ごきげんよう、エリアス様」

私がその名を口にした途端、少年を拘束する私兵達がざわめいた。

再訓練が必要ねと思う反面、致し方ないかとも思う。

それだけエリアスの名は有名であり、そして本来、私や貴族の私兵ごときに捕らえられる存在ではない。

暗殺者エリアス。

彼は、ヒロイン暗殺を依頼されて『どきエデ』作中に姿を現す。一つでも選択肢を誤ったりミニゲームで負けたりすると即殺害されてデッドエンド。依頼人はルートごとに違うのだけれど、逆ハーレムルートでは私は無関係だったわね。

彼は物心つく前から人を殺すことばかり教わった。肉や魚を捌《さば》くのと同じように人の喉や腹を裂き、野生動物を狙う感覚で人の心臓を射抜く。全ては機械的に、心に漣《さざなみ》すら立たず。何の感情も湧くことなく、その小さな手を血で染め上げてきた。

そんな彼の日常が異常だと教えたのは、他ならぬヒロインだ。

彼女は命の大切さ、人を殺《あや》めなくても生きていけることを彼に教える。殺人人形だった彼は、ヒロインとの触れ合いで段々と人としての心を取り戻していく。

それが『どきエデ』最後の攻略対象者、暗殺者ルートの概要《がいよう》ね。

ちなみにその場合、悪役令嬢は彼に毒殺される。ヒロインを散々苦しめた悪女に相応《ふさわ》しい終幕をと、彼は最後の仕事を行ったの。

苦しみ悶《もだ》えながら血を吐き出して喉を掻きむしる有様《ありさま》は文章だけでも強烈で、わたしの背筋が凍ったものね。

「残念でしたね。私を葬《ほうむ》る絶好の機会でしたのに」

「アレク、サンドラ……ぁ！」

そんな心を取り戻した彼は、もう暗殺業を辞めるつもりだったはずだ。今回呼び出しを受けたのだって、依頼人が他ならぬ私だったから。

芋女《いもおんな》を苦しめる悪女が懲《こ》りずに最愛の女性に悪意を向ける、許せない。そんな感じに彼は初めて自分の感情から人を殺したいって思ったのでしょうね。

「怒りで我を忘れたエリアス様はお気付きでないご様子でしたけど、周囲には公爵家の手の者がついていたのですよ。私の後頭部に小剣を投げ放とうとした手を射抜いたのも、我が公爵家の誇る射手が行いました」

けれど悲しいかな、ヒロインへの愛が彼を弱くした。

研ぎ澄まされた感覚も錆《さ》びて働かなかったし、直感も鈍ってしまっていたのよ。人としての心を取り戻して暗殺者としての技術を捨てた彼に、私の罠は察せられなかった。

「ねえセナイダ。公爵家の者に危害を加えようとした輩《やから》への罰ってどんなもの？」

「如何《いか》なる事情があれど極刑は免《まぬが》れぬかと」

「エリアスは私を殺そうとした。間違いない？」

「お嬢様を亡き者にしようと意識を集中させた瞬間があったからこそ、我々の不意打ちが効いたのです」

それもそうね。でなければ自分が狙われているって気付いて、咄嗟《とっさ》に回避行動を取ったでしょうし。

彼って『どきエデ』でも忍者かよってくらい凄《すご》い動きしていたのよ。

ちなみに、私が彼にあまり接近せず距離を置くのは含み針を食らわないためだ。わたしも『どきエデ』プレイ中に暗殺者ルートで一回不意打ち食らってデッドエンドになったし。

「屋敷の牢に入れておきなさい。動けないよう両手両足をしっかり拘束しておいて。それから喋《しゃべ》らないよう猿轡《さるぐつわ》をかませて、ね」

私の命令に従い、公爵家の私兵達は手早く暗殺者を処理していた。

最後まで見る必要はないわね。私にはエリアスがもう芋女《いもおんな》を助けにはこられないって結果さえあればいい。

「ふ、ふふふっ、あはっ、あーっはははっ！」

これで芋女《いもおんな》が頼れるのはもうアルフォンソ様だけよ！

王手は打ったけれどまだ手緩《てぬる》いわ。詰《つ》みの状況まで持っていってあげる……！

□当日十三時

「――お嬢様、お客様がお見えになっております」

「客人？」

公爵家の屋敷に戻り、暗殺者エリアスを牢屋にぶち込む作業を眺めていると、家政婦から奇妙な報告を聞いた。

今日は普通に学園登校日なので、本来なら私は不在にしている。欠席するとの連絡は学園にしか出していないので、私が屋敷にいることはごく一部の者しか知らないはずよね。

「それで、誰が来ているのかしら？」

「それが、ジェラール殿下がいらっしゃっています」

「新手の冗談？」

「冗談ではございません」

えっ？　ジェラール殿下が？　どうして？

いや、考えるまでもないか。陛下と王妃様はすぐにでも私とジェラール殿下に親密な関係になってほしいみたい。

期待されていると思うと素直に嬉しいし、お二人が私を実の娘のように可愛がってくださるのは光栄だけれど……ちょっと私を手放したくないからって急すぎやしませんか？

今朝の一件で、私は危《あや》うくジェラール殿下の婚約者にされかけてしまった。

国王陛下からの勅命を断れるわけはなく、かろうじて保留にさせていただくのが精一杯だったのだ。今はとにかくアルフォンソ様との婚約破棄騒動にけりをつけたいし。

「……着替えてくるからもう少しだけお待ちいただいて。それと殿下は昼食を取ってからこちらに？」

「いいえ、お嬢様とご一緒にとの意向でした」

「なら料理人達には今から仕度させなさい。別に特別な歓迎をする必要はないでしょう。いつもの通りにと伝えておいて。それと殿下を食堂にお通しして」

「畏《かしこ》まりました」

私は戻ってきたセナイダに着替えを手伝ってもらい、外出着から部屋着に着替える。

いくら急な来訪とはいえ、お相手は王国の第三王子。粗相《そそう》のないようにしなければいけない。

装飾もうるさすぎない程度には身につけて、化粧はそのままでいいか。

食堂に赴《おもむ》くと、殿下はこちらを見て顔を輝かせ、立ち上がった。

その拍子に少し椅子が引きずられるものの、絨毯《じゅうたん》を敷いているので不快な音は立たない。けれど、はしたないと今更気付いたのか、殿下はしまったとばかりに間抜けな顔をなさった。

「ようこそお越しくださいました、ジェラール殿下」

「お義姉《ねえ》様……いえ、これからはお名前でお呼びしても？」

「既《すで》に私とアルフォンソ様との婚約は解消されております。ご随意に」

「では改めて……アレクサンドラさん。突然お邪魔してすみませんでした」

正直に白状しよう。今のジェラールには違和感しか覚えない。

所謂《いわゆる》お姉ちゃん子で私に甘えてきたあの愛くるしい男の子が、その……格好良く見える。

男子三日会わざれば刮目《かつもく》して見よ、とはわたしが知っている慣用句だけれど、正《まさ》しくコレだ。

「あの、アレクサンドラさん？」

「……し、失礼。殿下。上座の貴方様が座らなければ臣下たる私は着席できません。どうぞお気になさらずにお座りください」

セナイダが引いた椅子に殿下は腰を落ち着けた。

以前お茶の席でご一緒した時は、王妃様にもっと行儀良くなさいと叱《しか》られていたのに、今の落ち着いた物腰は多少のぎこちなさこそあるものの充分及第点だ。

私もドレスのスカートを押さえて座る。

今日の昼食は軽いものにしている。

育ちざかりの殿下には少々物足りないかもしれないけれど、もてなすにはそれなりの準備が必要なんだと知ってもらいたい。

「殿下。それで……」

「アレクサンドラさん、私は……」

私と殿下の声が被《かぶ》った。

二人とも目を丸くして言葉を止める。

「殿下の方から仰《おっしゃ》って……」

「アレクサンドラさんの方から先に……」

お互いに先にと促《うなが》した声がまた被《かぶ》った。コントかよと内心で突っ込んでおく。

私が殿下から言ってくださいと譲っても、彼は頑《かたく》なに私の方からとの意思を崩さない。このままではらちが明かないので仕方なく私から喋《しゃべ》ることにした。

「殿下。本日いらっしゃったご用件は？」

「アレクサンドラさん。今日学園で開かれる交流会には参加されるんですか？」

「勿論《もちろん》でございます。私用がありまして学園には行っておりませんが、この通り体調も良好ですので」

「欠席してもらえませんか？」

殿下からの意外な提案は、私の度肝を抜いた。

「どうしてでしょうか？」

「アレクサンドラさんも今朝お話しされてましたが、兄様はもうアレクサンドラさんのことを好きじゃありません。むしろ嫌っているって言ってもいいです」

うん、知ってる。

他人から容赦《ようしゃ》なく事実を突き付けられているのに、胸の痛みは感じない。

アルフォンソ様にべったりするルシアに感情があんなにも昂《たかぶ》ったのに、見切りをつけるとこれほど心が冷たくなるのかと自分でも驚きだ。

「兄様だったら学園を卒業して成人になる前に絶対に手を打ってきます。卒業生と在校生、それから保護者が集まる交流会なんて絶好の機会だと思うんです」

「手を打つも何も、もう私と殿下の間には何の関係もございません。殿下が何をなさろうと空振りに終わるだけかと」

「私はアレクサンドラさんが、みんなから悪く言われるのは耐えられないんです」

殿下は少し声を荒らげた。

手にしたフォークごと手をテーブルに叩《たた》き付けようとなさり、すんでのところで思い留《とど》まったらしい。

あんなにも大人しく素直な子だった殿下の怒る姿は、にわかには信じられなかった。

殿下の御気持ちは有難い。

けれど、欠席?

そんな選択肢は始めから私の頭にない。

確かにいくら攻略対象者達に退場してもらったって、私が犯した罪は拭《ぬぐ》いきれない。芋女《いもおんな》のことだから、アルフォンソ様を焚《た》き付《つ》けてこれでもかってくらい私の罪状を責めてくるでしょう。勿論《もちろん》言い逃《のが》れはするつもり。

でも私の悪意は私のもの、そこをごまかすつもりはない。

交流会、つまり断罪イベントに背を向けてしまったら、これまで私が歩んできた公爵令嬢としての、そして王太子殿下の婚約者としての足跡の否定に繋がってしまうもの。

私の矜持《きょうじ》、私の誇りは誰にも侵害させないし、否定させない。

「皆様には好きに言わせておけばいいかと。私は気にいたしませんので」

「それでいいんですか？　辛《つら》ければ辛《つら》いって正直に言ってください。我慢する必要はありません」

「殿下。そのお心遣いは身に余る光栄ですが、一つ指摘させていただきます」

第一、そもそも殿下は勘違いしておられる。まずそこから正していく必要があるわね。

私はアルフォンソ様方からの断罪を受けに行く？

違う。

私は芋女《いもおんな》の野望を打ち砕いて破滅を回避する？

違う。

私は第三王子と共に公爵令嬢としての使命を全うする？

それも違う。

私が求めるのは王妃の座ではないし、私を陥《おとし》れようとした連中への酬《むく》いでもない。

そんなのは私の追い求める悲願の副産物であって、本当に手に入れたいものではないわ。それに、素敵で頼もしくて優しい男性だったら相手は誰でもいいわけでもない。

私が欲するのはたった一つだけ。

そう、それは――

「殿下。私はですね、アルフォンソ様を一人の女として愛せていなかったようです」

「……え？」

「どうも王太子アルフォンソ殿下を愛する公爵令嬢アレクサンドラを演じるのが好きだっただけみたいですね」

私、公爵令嬢アレクサンドラが生きた証《あかし》よ。

「自分が熱演した役を馬鹿にされれば、どんな女優だって怒るでしょう？　ルシアさんに向けた悪意は、王家と公爵家の共作である脚本をアドリブで台なしにしようとする三流役者への憤《いきどお》りのようなものです」

「アレクサンドラさんは、兄様を愛していなかったんですか……？　あんなに仲睦《なかむつ》まじかったのに？」

「名演技だったでしょう？　お相手のアルフォンソ様がどうだったかは存じませんが」

……と割り切った台詞《せりふ》を口にしているものの、衝撃は大きかったのよね。

生涯を共にするなら仲良くなろう、愛し合おうと思っていたのは嘘じゃないもの。突き放されてああそうですかって、すぐに気持ちを切り替えられるほど私の努力は浅くなかったわ。

婚約破棄騒動を終えて破滅を回避した暁《あかつき》には……きっと陛下の思惑《おもわく》通り、私はジェラール殿下と婚約を結びなおすんでしょう。

私にとっては王国を舞台にした劇の第二幕が開け、共演者が変わるのだ。

「じゃあ、これからは私に対しても兄様に見せた接し方をするんですか？」

「……っ」

ジェラールが見せてきた表情は、悲しみと怒りが入り混じっていた。

彼にこんな顔をされたことなかった私は、内心で狼狽《うろた》えてしまう。

「今だってこんなにも余所余所《よそよそ》しい。いつもみたいにもっと気さくに――」

「私は既《すで》に王太子殿下との婚約を破棄されています。であれば、殿下を弟のように接するわけにはまいりません」

「でも父様も言っていたじゃありませんか。私と婚約してはどうかって」

「あのですね、殿下は私が今日何をしようとしているのか分かっていますか？」

「え……？」

「まさかアルフォンソ様からの婚約破棄を大人しく受け入れるとでも？　冗談じゃありませんわ」

私は口角を吊り上げる。ジェラールには決して見せなかった悪い笑顔ってやつよ。

案の定、ジェラールには衝撃的だったようで怯《おび》えが見られた。

「殿下には明かしますが、私は今日の交流会の場でアルフォンソ様を返り討ち……こほん、破滅させるつもりです。これまで続けられた婚約者の私を蔑《ないがし》ろにする目に余る言動は、もはや許容できませんからね。私個人はスカッとして気分爽快《そうかい》になるでしょうけど、周囲はそんな私をどう見るでしょう？」

王族、それも王太子を破滅させた令嬢だ、みたいな感じの悪名が広がるに違いない。

いくらこれまでの王太子妃教育があり、王妃様方から好印象を持たれていても、私を取り込めば悪い影響を被《こうむ》りかねないわ。

「悪いことは言いません。私がご提案した通り、ビビアナを妃《きさき》として迎え入れてください。そうすれば安泰ではないかと……」

「私は、アレクサンドラじゃなきゃ嫌だ！」

は？　との間の抜けた返事をする暇すらなかった。

ジェラールは突然立ち上がると私達を挟んだテーブルをぐるっと回って傍《そば》までやってくる。そして、なんと跪《ひざまず》いた。

呆気にとられる私の手は、いつの間にか彼に取られている。とても温かい。

「王太子妃にも公爵夫人にもならなくていい。アレクサンドラが望むなら一緒に身分を返上する」

「え……？」

「ずっと前からアレクサンドラが好きだった。どうか私とこれから生涯を共に生きてくれないか？」

「～～っ!?」

……

……いや、ちょっと待って。

え、今私、告白されてるの？

目に入れても痛くないくらい可愛い弟だった子に、男らしいとか格好いいとか思わされながら？

思わず悲鳴をあげたくなるのを咄嗟《とっさ》に口を塞《ふさ》いで堪《こら》えた。

危ない危ない。

けれど口元から感じる手と顔がとても熱い。意識し始めると耳まで熱くなってきた。でも一番熱いのは彼の手に触れている自分の手だ。

「は？　嘘？　ジェラールが私を？　冗談でしょう？」

「冗談じゃないよ。やっといつものアレクサンドラに戻ってくれたね」

「うぐっ」

今すぐジェラールの手を振りほどきたいのに、しっかりと握られているせいで逃《のが》れられない。コイツ、生意気にもいつの間にこんなに力強くなっちゃって。

いやいやいやいや、圧倒されている場合じゃなかった。

確かに私を好きでいてくれるのは素直に嬉しいけれど、断罪劇に巻き込むわけにはいかないのだ。

これから起こることは、愛だの何だの言っちゃってるけれど、結局、自分をぶつけ合うだけの醜《みにく》い争いなんだし。

「出直してきて」

だから、突き放す。

ジェラールを穢《けが》さないために。

「えっ……？」

「ごめんなさい。私にはジェラールを弟にしか思えないの。お姉ちゃんは弟に格好良さとか美しさとかを見せびらかしたいものだけれど、胸の中の黒い感情は見せたくないのよ」

「そんなの私は気にしないから――！」

「だったら！」

強情なジェラールを、私は指を突き付けて黙らせる。

このまま言い争ったって堂々巡りなんだし、ある程度は妥協して、今回のところはお引き取り願うとしましょう。

問題の先送りとも言うけれど、後は頼んだわよ未来の私。

「私を一目惚《ひとめぼ》れさせるぐらい素敵な白馬の王子様になってみなさいよ」

「白馬の王子様……？」

「アルフォンソ様は芋《いも》……もとい、ルシアさんに一目惚《ひとめぼ》れして彼女に夢中になったんでしょう？責務や体裁《ていさい》をかなぐり捨てるほど溺《おぼ》れるなんて理解不能なのよね、正直。けれど恋も知らない癖に分かった口を利くな、みたいに言われるのは癪《しゃく》だもの」

「……分かったよ」

ジェラールは私の手を優しく離し、勢い良く立ち上がると大股で部屋の出口に向かう。あまりに突然だったので軽く驚いてしまった。

もっと言い方があったかもと反省の念が生じる前に、彼はこちらに顔を向ける。とても真剣で、男前だ。

「出直してくる。すぐ迎えに戻るから待ってて」

そうして残されたのは私とセナイダのみとなった。気圧《けお》されて呆然とするしかない私の目の前でセナイダが静かにお茶を注ぐ。

「男をくるわせる点については、お嬢様もルシア様のことを言えないのでは？」

言い返したい。

けれど、ジェラールの豹変《ひょうへん》ぶりを目の当《まあ》たりにした今はぐうの音も出なかった。

それにジェラールったらすぐ戻ってくるって言ってなかった？　すぐってどれぐらいよ？　まさか今日の催《もよお》しのことを指しているんじゃないでしょうね？　あの子ったらそんな簡単に私の印象が覆《くつがえ》るとでも思っているの？

そして私は、見違えた彼にぎゃふんと言うのだろうか？　そのうえ……心奪われてしまうのだろうか？

そう、考えながら立ち尽くす私だった。

■当日十四時　サイド　ヒロイン

わたしが愛しのルシアと知り合ったのは、ルシアが前世を思い出したすぐ後のことでした。

わたしも幼い頃に高熱を出して怖い思いをした覚えがあります。

なんと表現すれば的確でしょうか、壁がこちらに押し迫ってくるとか、世界が全体的に歪《ゆが》んでしまうとか。極めつけは自分が自分でなくなって全く自由が利かなくなったり。もう散々な目に遭《あ》ったものです。

転生者を自称するルシアとの交流は、同じ時期に熱で生死をさまよったという共通点をきっかけに始まったのです。

周りの人間は、わたしが男爵家の者だからと見下し、貧乏貴族が偉そうにと陰口を叩《たた》きます。家族や使用人を除いて、ほとんどわたしの出自を気にする奴ばかりでした。友達と呼べる子なんていやしません。

だから、ルシアはとっても新鮮でした。

自分やわたしの身分を気にせず無遠慮かつ正直に喋《しゃべ》りかけてくるので、わたしも礼儀はそっちのけで自分をさらけ出したものです。お互いに本音を包み隠さず語り合えるわたし達が友情を育《はぐく》むのにそう時間は要りませんでした。

ルシアの言動は他の貴族令嬢とは一線を画すものです。

「いい？　ここの数式は——が——なって——」

「この文章は前後の文脈から読み取らないと意味が分からないわ」

「これをこうして……はい、できたわ。じゃあ早速飛ばしてみましょうよ」

この世界より遥かに発達した世界からルシアに転生した彼女の知識は、家庭教師から学ぶどの事柄より英知に富んでいました。計算力や読解力はそれなりにあると言われているわたしを軽く凌《しの》ぐほどに。

薄い羊皮紙《ようひし》を折り曲げて、それを飛行させるなんてどこから出た発想？

ゼロって何？　ないことを数字で表せるの？

世界は丸い？　地平線の曲がり具合から世界の大きさが算出できる？

星が回っていたんじゃなくて、世界が回っていたなんて……

「どうしてそうなの？」

「え？　うーん、分からない。前の世界ですっごく頭の良い人が証明したの。だからあたしは、ただそうなんだって教わるだけだったかな」

ルシアはあくまで自分は先人の知恵の恩恵にあずかっただけだと語りました。

それでも、わたしにとってこの世界の常識に囚われない彼女は憧れです。いつしか彼女とずっと話していたいと思っていました。

一方、『どきエデ』に酷似したこの世界で、ルシアは乙女ゲーム通りにヒロイン役に抜擢《ばってき》されると信じて疑っていませんでした。

いずれ大きくなったら素敵な殿方と幸せな恋路を歩んでいくんだと何度もわたしに語り掛けてきたものです。

「ルシアは誰と結婚するって書かれてるの？」

「えっとね。『どきエデ』って幾つも章があって、毎回相手が違うんだ」

彼女が初めて攻略対象者の名前を口にした時はかなり驚きました。王太子や王弟を始めとした、やんごとなき方々ばかりだったので。

男爵令嬢が背伸びしても届きやしない高嶺《たかね》の花。

一体どんな過程を経てルシアと王太子達が結ばれるのか、わたしには全く想像できませんでした。

「そんな与太話《よたばなし》を誰が信じるって？」

「事実だもの。あたしがそう選択したら絶対に起こる運命なの」

けれど……わたしは、そんな乙女ゲームに沿った未来像を楽しそうに語る彼女をとても魅力的に感じていました。

そしていつしか、わたしはルシアの相談相手になっていたのです。

『どきエデ』開始時までに、ルシアはヒロインとして何をしなければいけないのか？ 学園に入学したらどう立ち回ればいいのか？ 『どきエデ』で描写された記述以外に、どう振る舞うべきか？

彼女と事細《ことこま》かに意見を交わしたのはいい思い出です。

「ねえルシア。『どきエデ』ではわたしはいたの？」

ある日、わたしは自分が『どきエデ』ではどんな役割だったかを尋ねてみました。

「ううん、いないよ。そもそも学園に入学したての頃は、誰もヒロインを知らないの。幼馴染《おさななじみ》が一緒に学園に通うって記述はなかったわね」

返ってきた答えは、わたしにとっては予想通りのものです。

もっとも、こんなにもヒロインのルシアと親しいわたしが『どきエデ』で描写されていないわけがありません。だから本来わたしは、ヒロインには何ら影響を及ぼさないその他大勢の一人ってだけかもしれませんね。

わたしの頭の中には一つの仮説が浮かびました。

「――ひとりぼっちだったからこそ、登校初日ではぐれ者になって、王太子様が向けてくれた優しさが身に沁みるのよねー」

そんな彼女の言葉は、わたしの耳には入りません。

頭の中で、これまでルシアから聞かされた『どきエデ』の膨大な情報が整理されて、望む結末に向けての筋書きが組み上がっていきます。

「じゃあ『どきエデ』に登場しないわたしと親しくしていいの？　それとも今は『どきエデ』にも書かれてない独自の展開になってるってこと？」

「ヒロインの選択次第で未来は大きく変わる。勿論《もちろん》『どきエデ』に書かれてないことをしちゃうと元々の脚本から外れていく感じね。神様の定めた運命ってほど強制力はないみたい」

「ふぅん。じゃあ今までルシアが取ってきた言動って、全部『どきエデ』をなぞっているの？」

「ええ。攻略対象者達が望む理想の少女になるようにね」

自分の立ち位置を理解したわたしは、ルシアとこれまでの関係を維持すると決めました。

ルシアが恋を成就《じょうじゅ》させようと恋に破れようと、わたしが一番彼女の傍《そば》にいられることに変わりはありません。

そこでわたしは、ようやく悟《さと》りました。

相手をずっと想い続けること、一緒にいたいって思うこと。

それが愛なんだって。

そう、わたしはルシアに恋をしたのです。

「もしアレクサンドラ様が転生者だったらってびびってたけど、どうも杞憂《きゆう》だったみたいね」

「えっと……ざまぁ、だったっけ？　ルシアの言う悪役令嬢がヒロインに仕返しするって展開」

「婚約破棄とか断罪とかを避けるように動き回られると、ヒロインとしての選択が空回りになっちゃうからね。アレクサンドラ様の心の醜《みにく》さが、あの人自身を破滅に導いていくのよ」

「まさかあのアレクサンドラが、ルシアの言う通り嫉妬《しっと》に駆られるなんて今でも信じられないな」

わたしはそんな愛情を隠してルシアの友達であり続けました。

ルシアが悩めば相談に乗ったし、ルシアが悲しめば慰《なぐさ》め、ルシアが喜べばわたしも一緒に喜ぶ。

思うようにいかなくて八つ当たりされても笑顔を返したのです。

けれど、ごめんなさい。わたしは一つだけルシアに謝らなきゃいけません。

何故《なぜ》なら、わたしはルシアを裏切るつもりなのです。

仕込みは、ルシアが乙女ゲームの舞台である学園に通う前から始めています。

ある事情で、わたしはルシアがヒロインとして振る舞う間は身動きが取れません。

けれど『どきエデ』で描写されない範囲ではわたしにも動ける余地があります。それを利用して少しずつ種を蒔《ま》いていったんです。

狙いはヒロインの行く末を左右する断罪イベント。

ヒロインと攻略対象者についてはルシアが『どきエデ』通りに進めたせいで、わたしの介入の余地はありません。どうにか、乙女ゲームの流れとは全く違う展開を呼び込む必要があります。

仕込みが上手《うま》くいけば断罪イベントはヒロインの敗北にひっくり返るでしょう。ルシアは攻略対象者達と別れる破目になり、傍《そば》にはわたしだけが残ります。

わたしは未来永劫愛しいルシアを独り占めできるのです。後は断罪劇を見過ごせば……とわたしは考えていました。

ところがそんな密かな思惑《おもわく》は、今、予想もしなかった展開を迎えています。

そう、悪役令嬢が『どきエデ』から逸脱した行動を取り始めたのです。

「なんでよ……なんでなのよ！　どうしてよりによって今更、前世を思い出してくれちゃうのよ！」

「嘆《なげ》いても仕方がないでしょう。それよりこれからどうするの？」

「何を言いたいのよ？」

王弟フェリペが王宮で事件を起こし、暗黒エリアスが捕まった。そんな噂《うわさ》が学園で広まったのは、つい先ほどです。

これでは教師テオドロにも何を吹き込まれているか分かったものではありません。

つまり、ルシアが唾を付けていた攻略対象者は悉《ことごと》く排除されてしまった形です。

王太子が無事なのは、断罪イベントでヒロイン共々返り討ちにする気だからだって、わたしは推察しています。

ルシアは王太子しか頼れる者がいない状況まで追い詰められていたのです。

半日も経っていないうちに形勢逆転。これが悪役令嬢の本気でしょう。

「こんなに状況が変わっても、なおアレクサンドラを追い込むつもりなの？」

「勿論《もちろん》よ。元々逆ハールート再現のためにバルタサル様達の参加が必要だっただけで、アレクサンドラ様を断罪するだけなら、王太子様がいてくださったら充分だもの」

「やめておいた方がいいんじゃない？　雲行きが怪しくなっているし」

「駄目よそんなの！　大丈夫、アレクサンドラ様の犯した罪のいくつかは、でっちあげでもなんでもない確かな事実だもの。そこは覆《くつがえ》らないんだから、きちんと追《お》い詰《つ》められるわ」

なまじ勝機が残っているからルシアは止まれません。だってルシアはヒロインですものね。

勝つのはヒロインか悪役令嬢か。

『どきエデ』に囚われた考え方しかできないルシアは、そんな二択しか思いつかないのでしょう。

舞台に上がった登場人物は全員シナリオ通りにしか動かないとでも？

「――ごめんねルシア。わたしね、既《すで》に手は打ってあるんだ」

ルシア、恋を成就《じょうじゅ》させるのは他ならぬ、このわたし。

そしてその時、わたしはルシアにわたしの真実を打ち明けようと思います。

そう。わたしは、わたしこそが――

■当日十五時　サイド　王太子

「どういう、ことだ……？」

今日学園にて華々しく開かれる予定の交流会の会場準備を眺めていた王太子アルフォンソは、苛《いら》立《だ》ちを露《あら》わにしていた。

彼は、男爵令嬢ルシアが学園に入学した当初は、まだ彼女を何とも思っていなかった。

確かに愛くるしく男の目を引く魅力はある。

けれど顔は、婚約者であるアレクサンドラはおろか他の貴族令嬢と比べても優雅さに欠け、言動にも品性が感じられない。王太子たる自分に遠慮なく語りかけてくる態度は無遠慮、と言うより幼いの一言に尽きた。

興味を抱く理由などない……はずだった。

しかし、何故《なぜ》かルシアの存在はアルフォンソの心に強く訴えかけてきた。

ルシアが笑えば嬉しかったし、ルシアが悲しめば苦しかった。何よりルシアは身分や血統など関係なく平等に皆に接し、そして愛した。穢《けが》れを知らないその純粋さを眩《まばゆ》く感じる。

いつしかアルフォンソは彼女に惹《ひ》かれていった。その一方で、自分を王太子としてしか見ようとしない者達に辟易《へきえき》する。

その筆頭が他でもない、己《おのれ》の婚約者であるアレクサンドラ。

彼女は、事《こと》あるごとにアルフォンソの傍《そば》に寄るルシアに苦言を呈《てい》し、公衆の面前で非難し、あげく、ルシアの名誉を辱《はずかし》めた。立場、義務、生まれを理由にして。

「アルフォンソ様、どうかアレクサンドラ様を責めないでください。悪いのは全部わたしなんです。畏《おそ》れ多くも貴方様に近寄ってしまうから……」

それでも慈悲をと願うルシアに、彼はますます好意を抱く。逆に嫉妬《しっと》でルシアに嫌がらせをする女を醜《みにく》いと感じた。

その度合いが酷《ひど》くなるにつれ、アルフォンソは決心する。自分が彼女を守らなければ、と。

王太子としての責務からではなく彼女を愛した一人の男として、傷つけられる少女を更に傷つけようとする醜悪《しゅうあく》な女の悪意から。

アルフォンソは許す限りルシアとの交流に時間を費《つい》やしたが、ルシアに対してうるさいアレクサンドラ以外の者を遠ざけようとはしなかった。王太子の両腕とも言うべき将軍嫡男バルタサルや宰相嫡男ロベルトなどの友人達を含めて。

だから、その側近達がルシアに魅入《みい》られるのにそう時間はかからなかった。

同時に、それを良く思わない者が次第に増え始める。

節操もなく男を誑《たぶら》かそうとする身のほど知らずの小娘、芋女《いもおんな》などと、アレクサンドラが使い始めた蔑称《べっしょう》を密かに使う令嬢も現れる始末だ。

「はい。皆様とは仲良くお付き合いさせてもらっています。ですが恋愛とは違いますよ。その線引きはしっかりしているつもりです」

さすがに小言だと切り捨てられずに少しは慎《つつし》むよう王太子はルシアに忠告するが、彼女はバルタサル達とはただの友人だと毎回口にした。

「それに王太子様も他の皆様も、婚約者がいらっしゃるじゃありませんか。かすめ取ろうだなんて恐れ多いですよ」

そう笑い飛ばす彼女の態度が、ルシアの気を引こうとバルタサル達を躍起にさせる更なる原動力になったのだが。

それにルシアは、単にバルタサル達と仲良くなったわけではなかった。時には抱える悩みや問題を解決し、痛めた心を癒《いや》し、共に不幸を嘆《なげ》き悲しんだのだ。まるで彼女には人の心が分かるかのように。

「外見、礼儀作法、血筋……貴族が誇りとするこれらに、一体何の価値があると言うのだ？　自分の心を理解し、苦楽を共にしたいと思う相手を伴侶に、と思うのは当然ではないか？」

もはやアルフォンソは……いや、彼のみならずルシアの周りにいた男性は誰もが彼女に夢中になっている。

そのせいで、アレクサンドラはルシアに害を与え始めた。

始めは過度な説教や苦言などの単なる嫌がらせにすぎなかったが、足を引っ掛けて転ばせる、私物を隠す、お茶をかけて衣服を汚す等、段々と悪意に拍車がかかっていく。

「ルシア……アレクサンドラに手帳を引き裂かれたんだって？」

「……いえ。犯人は分かりません。わたしが少しお手洗いに行っている間にやられましたので」

ルシアはアルフォンソ達を心配させまいと気丈に振る舞っていた。けれど、段々と怯《おび》えと不安を露《あら》わにする。

貴族令嬢達が声を潜《ひそ》めて会話をする様子が視界に映ると、怯《おび》えて肩を震わせ、引き裂かれた私物を抱えて涙を流した。

「誰がルシアに相応《ふさわ》しいか、今はそんなことはどうでもいい。重要なのはこれ以上ルシアが傷つかないことだろう、違うか!?」

アルフォンソはルシアに好意を抱く者達を集め、結束してルシアを守っていくこと、そして悪意の元凶を断罪することを誓い合った。

誰もが自分こそがルシアに相応《ふさわ》しいと考えていたが、ひとまずは彼女を悲しませる者を許しはしないとの気持ちで一致する。

もっとも、実際の行動は難航を極めた。

アレクサンドラは表向きルシアの至らなさを注意、批難するばかり。バルタサルやロベルトの婚約者達も貴族らしくないルシアを嘲笑《あざわら》うだけ。明確に傷害や器物損壊を行った、あるいは計画した証拠が集まらなかったのだ。

それでも地道な調査で、徐々に悪意の全容が見えてくる。

やはり元凶はアレクサンドラだった。

彼女はルシアに直接的な嫌がらせをする他の貴族令嬢達を窘《たしな》めている。一見抑止になっているようだが、お茶会での彼女はいつもルシアに不満を持つ素振りを見せるのだ。

命じてはいない、願ってもいない。ただ願望を口にするだけ。アレクサンドラを慕《した》う者がそれをアレクサンドラの意思だと解釈するのは彼女達の勝手。勝手に実行に移そうとも自分には関わりがない。そんな思惑《おもわく》が透《す》けて見えた。

「はあ、いっそあの芋女《いもおんな》には傷物になってもらいたいわねえ」

お茶会と称した打ち合わせの場に潜《もぐ》り込ませた協力者は、アレクサンドラが笑みをこぼしながらそんな恐ろしい言葉を発するのを目撃した。

「仰《おっしゃ》る通りですわ、アレクサンドラ様！　恐れ多くも王太子殿下に媚《こび》を売るだなんてはしたない！」

「傷物と仰《おっしゃ》いましたがどんな感じでしょう？　顔に一生残る火傷《やけど》を負うとか？」

「暴漢を差し向けるのもいいかもしれませんね。身のほどを思い知るでしょうよ」

様々な貴族令嬢からルシアに向ける害が語られ、さながら魔女の集会だったと協力者は感想を漏らした。

「アレクサンドラめ……見下げ果てたぞ！　安心しろルシア。お前は必ず私が守る」

「ありがとうございます。けれど、わたしもただ言われっぱなしじゃなくて理不尽な仕打ちには立ち向かわなきゃいけないんです。王太子様がわたしに勇気をくださいました」

「ルシアにだけは名前で、アルフォンソと呼んでほしい」

「王太子様……いえ、アルフォンソ様……」

強さを得たルシアに、アルフォンソはますます魅了されていった。もはやアレクサンドラには憎しみしか感じない。

「アレクサンドラ！　お前の言葉はもはや指摘ではなく言いがかりだ！　家の権力を振りかざして一人のか弱い令嬢を貶《おとし》めるお前の何処《どこ》に褒《ほ》められる点があるんだ、答えろ！」

ついにアルフォンソはこれまで抱いていた不満をぶちまけ、皆の前でアレクサンドラを批難した。

もはやアルフォンソとアレクサンドラの間に入った亀裂は取り返しがつかなくなるまでに進展している。それを修復する気はアルフォンソには全くなかった。

既《すで》にアレクサンドラが行った数々の悪事の証拠は揃《そろ》いつつある。ここまで来れば、泣き叫ぶ元婚約者を容赦《ようしゃ》なく断罪すれば済む話だ。

「ルシア、私と結婚してくれ。私には君が必要なんだ」

「アルフォンソ様、嬉しゅうございます」

そしてつい昨日、アルフォンソはルシアと結ばれた。

互いの心も身体も魂《たましい》すらも一つになった、そんな充実感でいっぱいだ。

一生を添《そ》い遂《と》げようと語ってアルフォンソが口付けをすると、ルシアは可愛らしく顔を赤く染めて俯《うつむ》く。

後は邪魔者、いや、害悪でしかない己《おのれ》の婚約者を切り捨てるばかり。

……だったはずなのだが。

「――何故《なぜ》バルタサルもロベルトも来ていない？　マリオが欠席だと？　アイツらは一体何を考えているんだ……！」

「御三方とも体調不良だと連絡が来たではありませんか」

「そんなことは分かっている！　こんな大事な日に体調を崩すなと言っているんだ！」

アルフォンソは同志達が一向に姿を見せぬ状況に不満を口にした。苛立《いらだ》ちまぎれに会場準備に口を出す。

そんな乱雑な指示を補足するのは、在校生代表のパウラだ。彼女は尊敬していた先輩が恋に溺《おぼ》れて変貌《へんぼう》した有様《ありさま》に呆《あき》れつつも淡々と仕事をこなしていた。

「まさかアレクサンドラの仕業《しわざ》か？」

「高熱と下痢をどう誘発させるんですか？　そもそもアレクサンドラ様も学園にいらっしゃっていないではありませんか」

「いやアイツなら卑劣《ひれつ》な真似もやりかねん。今度という今度は我慢ならん！」

何を根拠にそう決めつけるんだ、とパウラは疑問に思ったものの口にはしなかった。どうせ今のアルフォンソは聞きやしない。

「それで、どうされるおつもりです？」

「そう言われても、何のことか全く分からないぞ」

「交流会の相方ですよ」

交流会においては、入場の際に異性のパートナーをエスコートするのが習わしになっている。婚約者がいれば婚約者と、既《すで》に結婚しているなら妻を。他にも恋人や気さくに語り合える友人、家族に頼む者もいる。

本来ならアルフォンソが手を取るべき相手は婚約者のアレクサンドラだが……

「決まっているだろう。私はルシアを連れていく」

アルフォンソは婚約者を見限り、愛する女性の手を取ると断言した。

パウラはあまりの非常識さに眉をひそめる。王太子に送る眼差《まなざ》しに侮蔑《ぶべつ》がこもらないように我慢するのが精一杯だ。

「殿下はまだアレクサンドラ様と婚約解消なさっておられませんよね？　にも拘《かか》わらず他の女性と連れ立つのは、些《いささ》か問題があるのではありませんか？」

「問題などない。どうせ今日アイツとは……いや、こちらの話だったな」

パウラはアルフォンソが続けて何を言おうとしたかすぐに察した。けれど、特に驚くには値しない。とうとう来たか、との冷めた感想が浮かぶばかりだ。

一悶着《ひともんちゃく》ありそうで面倒臭いとしか思えず、深くため息を漏らす。

パウラはこの一年間を通してアレクサンドラ達を見てきた。あの心優しく立派だったアレクサンドラが嫉妬《しっと》と憎悪に苦しむ姿を悲しむ一方で、ルシアが貴族社会に染まらず純粋なままで強く成長する姿を頼もしく思っている。

だが、本当に自分達に見せる面が彼女達の全てなのだろうか？

女は複数の顔を使い分ける生き物。

未だ本質を隠しているとしたら？

パウラはアレクサンドラとルシアの表面だけを眺めて感情を起伏させるアルフォンソのような単純な男達の惨状《さんじょう》に、軽く頭痛を覚えた。

何事もなければと願わずにはいられなかったが、どうせ何かある、との確信に近い諦めも抱いている。

何しろ相手はあのアレクサンドラ。何事も起きないはずがない。

「おいたわしや、王太子殿下……」

恋とはここまで道を踏み外すものなのか、とパウラは愕然《がくぜん》としていた。

□当日十六時

「さあ、行くわよセナイダ」

「お待ちください。まさかその顔で行かれるおつもりで？」

「ええそのつもりよ。何か問題でも？」

いよいよ運命の交流会まであと少しに迫った。

私は気合を入れてアイラインを深く眉は鋭くなるよう書き、唇には黒に近い朱色の口紅を塗る。

はい、『どきエデ』で最後にヒロインの前に立ちはだかる悪役令嬢のでき上がり、と。

そんな感じに仕上げていたら、セナイダが顔をひきつらせてきたわよ。

「問題だらけでしょうよ。さあ今すぐその化粧を落としてくださいませ！」

「えぇ～？　せっかく格好良くできたのに」

「我儘《わがまま》仰《おっしゃ》らないでください」

彼女は私が顔に塗りたくった化粧を手早く落としてから「じっとして動かないでください」と

迫ってきて、改めて化粧を施《ほどこ》していく。自分でやると単なる作業なのに、人にしてもらうと何だかどきどきしちゃうわね。

「お嬢様は下手に装《よそお》わなくても美人なのですから、化粧も薄めで充分でしょう」

「それだと迫力が出ないわよ。芋女《いもおんな》とかアルフォンソ様を威圧するためのさ」

「要《い》りませんそんなのは！　そういった方向で勝負をなさらないでください。台なしです」

「左様でございますかー。いいわ、セナイダに任せてあげる」

ちなみに、『どきエデ』本編だとこの段階で侍女は悪役令嬢を見限っている。大方、私が芋女《いもおんな》には決して出せない淑女の魅力を見せるべく大人びたドレスに濃い化粧をしていても、「お美しゅうございます」程度の社交辞令を返してきただろう。それが容易に想像できる。

「如何《いかが》でしょうか？　少し少女らしくなってしまいましたが、先ほどよりは幾分マシかと」

「……良いわね、素敵じゃないの。というか本当に鏡の前の女の子って私なの？」

「お嬢様が普段から背伸びしすぎているだけではありませんか？」

セナイダの腕前はさすがなもので、私を絶妙に少女と淑女の境界線上の姿に仕上げてくれた。可愛いとも美しいとも取れるので殿方の受け取り方にお任せする、みたいな。薄い化粧は強烈な印象を与えるどころか、却《かえ》って清楚《せいそ》な印象すら抱かせる。

これじゃあ悪役令嬢の称号は返上しないといけないわね。ヒロインっぽいもの。

「それと何故《なぜ》、薔薇《ばら》のような深紅色のものを着ているのですか？」

「勿論《もちろん》私はここにいるわって主張したいからよ。目立つでしょう？」

「そうした尊大な態度に王太子殿下は愛想を尽かしたのではありませんか？　確かまだ売り払っていない衣装がありましたよね。そちらにお着替えを」

「えぇ～？　嫌よ面倒だわ。セナイダ着替えさせて」

ドレスまで交換ですよ。

セナイダの手際がいいので意外と簡単に着替えは済んだのだけれどね。

セナイダが選んだのは海、というより前世の知識で語るなら藍染《あいぞめ》みたいな深い青色をしたドレスだった。

なんてこと、肩も腕も胸元も首元すら露出していない。女らしさを誇示する色仕掛けとは無縁の代物《しろもの》だわ。

「装飾品は如何《いかが》なさいます？　胸元が開いていれば首飾りも派手にできたのですが」

「髪飾りと耳飾りと……いえ、指輪は外しましょう」

「ですね。手袋をしてしまうので指は隠れてしまいますし」

ドレス自体は長袖で、オペラグローブも袖の下につけているものね。

私ははめていた指輪を抜き取った。アルフォンソ様から頂いた婚約指輪だ。

色ボケ執事にくれてやったネックレスは未来の王妃にと貰《もら》っただけれど、指輪はアルフォンソ様個人との婚約の証《あかし》だもの。

捨てずにいた理由は、もはやつける義理なんてないのだけれど、義務は残っているからだ。

本当は既《すで》に陛下の許可は頂き、義務もなくなった。それでも、あちら側が婚約破棄を言い渡してくる直前まではしっかりと自分の役目を全うするとしましょう。

そうして仕上がった私は……どう言い表せばいいかしら？　清純？　貞淑？

触れれば脆《もろ》くも砕け散るのではと思わせるほど儚《はかな》くも見える。

とにかく今までの公爵令嬢アレクサンドラからは考えられない姿だ。

全てを包み込む深い優しさも感じる。

「……私にはあまり似合っていないんじゃないかしら？」

私の抱く醜《みにく》い嫉妬《しっと》、愛憎とは裏腹な出来栄えに困惑すら浮かんだ。

「とんでもございません。会心の出来になったと同僚に自慢したいくらいかと」

「そう？　ならいいのだけれど……」

とにかくそろそろ出発なので、セナイダを従えて私は自分の部屋を出る。

すれ違う公爵家の使用人も会釈《えしゃく》を忘れて呆然と私を見つめるばかり。中には手にしていた荷物を危《あや》うく取り落としそうになる人もいたわ。

「……みんな驚きすぎじゃないかしら？」

「わたしは皆から驚いてもらえて大満足です」

戸惑《とまど》うばかりの私、誇らしげなセナイダ。完全にあべこべね、本当に。

「お、姉……様？」

そんな感じで玄関ホールまでやってくると、ビビアナと遭遇した。

そういえば交流会がある今日は、学園の授業はそこそこで終わって全生徒、一旦帰宅するんだったっけ。勿論《もちろん》交流会に向けて盛装に着替えるために。

ビビアナの姿は『どきエデ』の立ち絵そのままだ。公爵令嬢らしく豪奢《ごうしゃ》なんだけれど、そこまで化粧もドレスもうるさく主張していない。

可愛いのに綺麗って雰囲気のヒロインに対して、友人役の彼女は美しいと同時に僅《わず》かに幼さを残す出来栄え。二人が並び立つと、そのコントラストがいい感じなのよ。

そんな我が妹は、私を一目見て言葉を失った。

まあ意外なものを見る気分なのは理解できる。

私は普段年齢を上に見られるように装《よそお》うし、こんな年相応の格好をした記憶はないもの。今はビビアナが背伸びして大人っぽくしているのもあって、私の方が幼く見えるんじゃないかしら？

「ごきげんようビビアナ。私の顔に何か付いていているかしら？」

「……え？　い、いえ。別に何も……」

私が声をかけるとようやく我に返ったようで、慌《あわ》てた様子で視線を逸《そ》らす。

ビビアナのこんな可愛い反応を見るなんていつ以来かしら。もう思い出せないくらい彼女とは親しくしていなかった気がする。

「今日は学園を巣立つ卒業生とのお別れを惜《お》しむ催《もよお》し。ビビアナも思う存分寂しがってくれてもいいのよ」

「え……ええ。当然じゃないの。王太子殿下、バルタサル様、ロベルト様……あげればきりがありません。お姉様よりはるかに立派な方々が学園から離れていくのは大きな損失ですし」

いつものような私を卑下する言い回しなんだけれど、切れがない。動揺をごまかすためにまくし立てているのがバレバレよ。

私が微笑《ほほえ》ましくビビアナを見つめていると、妹は顔をひきつらせた。苦し紛れの返しだったと自覚はあるみたいね。

「それで、これからどうするのか、整理はついたの？」

彼女の反応を楽しむのもそこそこにして、私は本題をぶつける。

交流会が始まってしまえば、私とビビアナが語り合う時間なんてない。

新たに持ち上がった私とジェラール様の婚姻はひとまず棚上げして、ビビアナに公爵家の娘としての自覚があるかは確認しないと。

質問の意図を察してくれたのか、ビビアナは目を細めて唇を引き締める。

「ルシアとの友情を取るか、公爵家の娘としての責務を取るか、よね？」

「貴族の家に生まれた女だもの。勿論《もちろん》どちらが大事かは分かっているわよね？」

煽《あお》ってみたらビビアナが私を睨《にら》みつけてくる。

そんな形相だと折角《せっかく》の端整な顔立ちが台なしね。

「言っておくけれど、私はお姉様が正しいだなんて絶対に思わないから」

「結構。私も自分の行いを正当化するつもりはないわ」

「ルシアがどれだけ傷ついて涙をこぼしたか知っているんでしょう？」

「それはアルフォンソ様から離れなかったあの芋女《いもおんな》が原因でしょうよ」

「ルシアに謝って」

「謝るだけならいいわよ。許しを請《こ》うつもりは微塵《みじん》もないわね」

悪役令嬢は最後までプレイヤーの神経を逆なでする悪役であれ。近衛兵《このえへい》に引きずり出される間もアルフォンソ様に救いを求めてヒロインへの呪詛《じゅそ》を振り撒《ま》く。

逆ハールート真エンディングのように懺悔《ざんげ》して仲良くなるなんて悪夢、絶対に実現させないわよ。

それにしても……はあ。アレだけ言ってもなお、芋女《いもおんな》に肩入れするんだったら、もう救いようがないわね。

やっぱり当初の予定通り芋女《いもおんな》に加担する連中はビビアナであろうと、それ相応の酷《ひど》い目に遭《あ》ってもらうしかないってことか……

「……けれど、お姉様の悪意とルシアの所業は分けて考えるから」

「えっ？」

最初はビビアナがぽつりと言い放った言葉が理解できなかった。

「確かに冷静に考え直したらルシアは異常だったわ。どうして、王太子殿下もバルタサル様や他の皆様もルシア一人の周りに集まるのかしら？　我こそって争いとか取り合いも一切なくてさ。あれじゃあ、みんなしてルシアを崇拝しているようなものなのに……」

『どきエデ』ってメタ視点から見れば、それは最適な選択をして攻略対象者の好感度を取りこぼしなく上げていったため。

けれど、同じ舞台上から眺めれば、神の視点で景色を眺めている芋女《いもおんな》は巧《たく》みに人の心に付け込んでいるのよね。

異常、異常かぁ。そんな見方もあったのか。

どうして私ではなくあんな芋女《いもおんな》を選んだのかって感情ばかり先行しちゃって、そうした考えにはなれなかったわ。

……確かに趣味や好み、過去の負い目まで把握している相手は恐ろしいとも言える。

ただし、その全知全能さは『どきエデ』として描写される今この時だけ。それを過ぎたら、あとは未知の時間軸が待ち構えている。

そうなったら構築された逆ハーレムはどうなるかしら？

ビビアナが言葉を続ける。

「今は全てが上手《うま》くいっているけれど、いつか破綻《はたん》するかもしれない。そんな危ない橋を一緒には渡れないわ……」

「そう、その一点だけでも目を覚ましてくれるなら、昨日言い争ったかいがあったわ」

ルシアは各攻略対象者の全てを把握しているが、彼らの周りの環境まで事細《ことこま》かには『どきエデ』では語られていない。ヒロインの想像を超えた異変が起これば、逆ハーなんて歪《ゆが》みは捻《ねじ》れくるう。

その異常さに気付いただけでも、まだ救いがあるわ。

「……少し長話しすぎたわ。プラシドを待たせているし、私は先に行くわね」

「ええ。また学園で会いましょう」

ビビアナは厳《おごそ》かにカーテシーをして出発する。

彼女のエスコート役は作中と同じで弟のプラシドか。二卵性の双子だから見栄えがするだろうなぁ。って、ちらっと見えたけど、プラシドったら結構大きくなってない？

そして、玄関ホールには私とセナイダが取り残される。

「お嬢様。王太子殿下はお迎えに来られないのですか？」

「どうせあの芋女《いもおんな》を選んだんでしょう。大丈夫よ、セシリオお兄様にお頼みしたから」

ふふん、『どきエデ』の悪役令嬢はソロでの参上だったけれど私は違うわ。

ついさっきセシリオお兄様にお願いしてエスコート役を引き受けていただいたのだ。お父様たる公爵の後継者をパートナーにすることで色々と有利に働くわ。

……まあ、お兄様しか頼れなかったんだけれど。

「待たせたね、さあ行こうかアレクサンドラ」

「お待ちしておりましたお兄さ……ま？」

階段の向こうから低く頼もしい声が聞こえてきたので、私はそちらに笑顔を向ける。そして、思わず固まった。

……どうしてジェラール殿下がいらっしゃっているのかしら？

□当日十六時半

学園へ向かう馬車の中、私は景色を眺めるふりをしつつ、隣に座っているジェラールを目の端《はし》に捉《とら》えていた。

そんな彼は私の視線に気付いているようで、軽く微笑《ほほえ》んでくる。

私は一旦、目を背《そむ》けて視界に流れる空と王都の街並みを堪能《たんのう》するのだけれど、結局また彼に視線が戻ってしまう。

生意気にもちょっと格好良くなって屋敷に来たのは数時間前。なのにジェラールったら、更にがらっと印象を変えてきましたよ。正直、今でもどちら様でしょうかと真面目に質問したいくらいね。

まず、昼食の時はうなじが見える程度の落ち着いた長さだった髪が、バッサリ刈られて短髪になっている。しかも眉にかかるかかからないかだった前髪は、ほぼオールバック。その眉も凛々《りり》しく見えるよう少し整えているみたいね。

礼服はほんのわずかに大きめなサイズに仕立てられている。おかげで身体の線が普段よりも広がって逞《たくま》しい肉体との印象を受けた。色合いが落ち着いているのもあって私と同年代、または一つ上と勘違いするほど大人びている。煌《きら》びやかな宝飾品は一切身に付けておらず、唯一金細工の指輪のみが際立っていた。

いや、そんな外見の変化はどうでもいいわ。

何よりも様変《さまが》わりしたのは、ジェラールの物腰全般よ。

昼時のジェラールは、まだ少年らしい可愛らしさを残していた。私を見て駆け寄ってくるくらい、よくなついている可愛らしい弟って印象が抜け切れていなかったのだ。その笑顔は花が咲いたみたいで、アルフォンソ様達に負けないよう頑張っている姿が微笑《ほほえ》ましかったのに。

そんな幼さはもはや消え失せ、頼りになる男らしさがにじみ出ていた。

さっきなんて、幼い頃私が彼の手を引いて遊んだのとは逆に、私の手を取ってエスコートする役をこなしてきたし。口調も少しワイルドになってないかしら？

一つ一つの仕草も洗練されていて、かつ力強さがある。それでいて女性、つまり私への気遣いも怠《おこた》っていない。

「あの、殿下？」

「ジェラール。いつもみたいに呼び捨てでいいよ」

「……えっと、どうかされたんですか？」

「アレクサンドラがお望みの白馬の王子様になってきたんだけれど、どう？」

どう、と言われてなんて返せばいいの？

混乱する私が視線を外そうとしたら、ジェラールったらなんと私の顎《あご》に手を添えて自分に顔を向けさせてきたわ。

彼の顔にはうっすらと化粧を施《ほどこ》されているのか、顔立ちも大人びて見える。

おそらく、学園に在籍する令嬢達が一目で魅了されるほど端整な顔立ちだ。

「その……見違えました」

「そうじゃなくて、白馬の王子様になれてる？」

「い、言わなければ駄目、でしょうか……？」

……悔しいけれど認めるしかない。

今目の前にいるのは私を慕《した》ってくれている弟同然だった子供じゃなくて、私の傍《そば》にいて守ってくれようとする王子様だ。

「お……王子様、っぽいですよ……」

「ごめん、聞こえなかった。もっとはっきりと言ってよ」

「もう、ちゃんと聞こえたでしょう!?」

ああもう限界！

私は自分の顔の前に手を持っていって、いい感じの雰囲気をぶち壊した。戸惑《とまど》うばかりで、ジェラールの勢いに乗せられっぱなしだ。

何よ、その微笑《ほほえ》み方は？　そんな女心を鷲掴《わしづか》みするみたいな色気は何処《どこ》で覚えてきたの？　可愛かったジェラールが男として成長したのを、喜ぶべきか凄《すご》く複雑なんですけれど。

「それで、まだ学園に入学されていない殿下が……」

「ジェラール。ほら」

「……ジェラールがどうして私を迎えに来たのかしら？」

「卒業生の誰かに招待状を書かせるなんて造作もないよ。そのうえで君のお兄様にお願いして君の相手を代わってもらったのさ」

ちょっと待て。白馬の王子様になって出直してこいって言ってからのほんのわずかな間に、そこまで手を回したの？　自分の大変身にだって相当時間がかかったでしょうに、どうお兄様を説得したのよ？　駄目だ、今の殿下はとても私の理解が及ばない。

「それで、兄様は君を迎えに行ったのかい？」

「……お祭しの通りよ。大方あの芋女《いもおんな》の所に意気揚々《いきようよう》と向かったんじゃないかしら？」

「だろうと思ったよ。素敵なアレクサンドラを放っておくなんて信じられないね」

「……私の知っているジェラールは、そんな女たらしじゃない。あと私の髪に口付けするのはやめて」

私が長髪なのをいいことに、殿下は私の髪を弄《もてあそ》んできましたよ。しかも少し匂いを嗅《か》いだり愛《いと》おしそうにキスをしたりで、狭い馬車の中だからってやりたい放題ね。

私が批難を口にしてもジェラールは、はにかんで見せるばかりだった。

「もうアレクサンドラから義弟《おとうと》だって思われたくないんだ。これぐらい変わって見せないと駄目だって、さっき分かったしね。君が罪深いとしたら、僕を虜《とりこ》にしてしまうほど可愛いってだけさ」

ジェラールがこちらの顔にゆっくりと手を伸ばしてきたので、私は戸惑《とまど》い思わず払いのける。

いくらもうアルフォンソ様との婚約が解消されて相手がいなくなったからって、積極的すぎやしませんか？

これ以上ジェラールの調子に合わせると、本当に陥落《かんらく》しそうで怖い。

私までアルフォンソ様と芋女《いもおんな》みたいに、脳内にお花畑を作って恥ずかしげもなく愛を囁《ささや》き合《あ》うようになるの？　たった一人の愛しい人だけに夢中になって、他の親しい人を蔑《ないがし》ろにして……

「あの、ジェラール、質問していいかしら？」

「いいよ、何でも聞いて」

「私、自分で言うのも何だけれど、ジェラールにそこまで好かれることをした覚えがないんだけれど」

ジェラールと会ったのは、確かアルフォンソ様との婚約が成立した後だったと思う。それなのに、もうその時には好かれていた、と記憶している。まさか彼もまた一目惚《ひとめぼ》れで私の虜《とりこ》になったとかじゃあ、ないでしょうね？

困惑する私にジェラールは優しく微笑《ほほえ》んだ。

たったそれだけなのに妙に意識してしまう。

「僕達はね、兄様……いや、アルフォンソがアレクサンドラと婚約する前に会ってるんだ」

「……そうだったかしら？　覚えがないのだけれど」

「無理もないよ。婚約した頃よりもっと前だもの」

そうは言っても、ジェラールは王族なんだから宮殿育ちよね。いくら公爵家の娘だからって宮殿に行くことなんてそう何度もあるわけじゃないし。幼い王子は怪我や病気から守るために、必要のない出会いをさせていなかったはずだし。

いいえ、ここは逆に考えましょう。

私が幼少の頃に出会った男の子を思い出せばいいんだ。

未来の夫になるかもしれなかったアルフォンソ様にグレゴリオ様、それから……木陰でぼーっとしていたとても可愛かった男の子くらいかしら。

「……え？」

待ってちょうだい。まさかのまさかなんだけれど……

「もしかして一緒に高い木に登った男の子？」

「手が擦《す》り傷《きず》だらけになっちゃって一緒に怒られたっけ」

「庭園の土で山とかトンネルとか作ったりした？」

「服を泥だらけにした罰だって自分で洗濯させられたんだけど」

「捕まえた虫をお母様方に見せて悲鳴をあげられたりも？」

「母様にお尻を叩《たた》かれたのは後にも先にもあの時だけだよ」

「嘘……」

私、そんな前からジェラールに会っていたんだ。

でも一緒に馬鹿やっただけのはずなんだけれど。好かれるきっかけとどう結びつくのよ。

「嬉しかったんだ。あの頃の僕はあまり身体が丈夫じゃなくて、遊びたくても無茶はするなって怒られてばかり。同じ年頃の子とも遊べなくてさ」

「あー、分かるわその気持ち。あそこまではしゃいだのって私も片手で数えられる程度だもの。いたずらは子供の特権なんだけれど、やっぱ品格を問われるとね」

「アレクサンドラは皆から大切にされる王子ではなく、どこにでもいる男の子として僕を扱ってくれたんだ。聡明なアレクサンドラのことだから僕が相応の身分の子だとは分かっていたんでしょう？」

「ええそうね。けれどあんな木の下で黄昏《たそが》れてるもやし系男子がいたら、誰だって多少強引にでも連れ回したくなるわよ」

「そんな強引さも心惹《こころひ》かれる要因の一つだったんだ」

「そう、だったのね……」

まさかそんな幼い頃からの想いをずっと大切にし続けていたなんて。

私の方は薄情にも、とっとと忘れたあげくにアルフォンソ様の婚約者として立ち振る舞っていたのに。

「一応聞くけれど、いつもアルフォンソ様と張り合ってたのって、ただ優秀な兄に対抗心を燃やしていたからじゃなくて……」

「アレクサンドラに相応《ふさわ》しいのは僕の方だって思いからだよ」

何よ、その行動原理は全部私みたいなのは。

重い、重すぎるわよ。

これじゃあ本当に芋女《いもおんな》のこと言えないわね。

たった一年でアルフォンソ様を始めとする殿方複数を籠絡《ろうらく》した彼女も彼女だけれど、幼い頃から心を奪っていた私も私じゃないのよ……

――そう思っていたら、突然ジェラールに手を引っ張られた。

気付かないうちに彼の手はとても大きくなっていて、私のか細い腕ではいくら力を込めてもびくともしない。

悲鳴をあげる間もなく、また顎《あご》に手を当てられて無理やり彼の顔を真正面から見る形になった。既《すで》に視界いっぱいに幼さが影を潜《ひそ》めた顔が映し出されている。

「そんなわけでアレクサンドラを僕だけのものにしたいんだけれど、問題ないよね？」

「何を言っているのよ問題だら――ッ!?」

批難は口を塞《ふさ》がれて最後まで言えなかった。

座ったままの体勢だから、逃《のが》れる術《すべ》もないし、身をよじっても彼の身体に擦《す》り寄るばかりで逆効果。セナイダやジェラールの従者は御者席にいるから私達の様子に気付きもしない。

私の口内を蹂躙《じゅうりん》したジェラールは、多少息を荒らげて少し離れる。

私は怒りと恥ずかしさのあまりに思わず解放された手で平手打ちを試みた。けれど、あっさりとその手を取られてしまう。恥ずかしさのあまり睨《にら》む私に、彼は微笑《ほほえ》むばかりだ。

「最、低……っ。もっと雰囲気を考えなさいよね」

「アレクサンドラの望む白馬の王子様って、男らしくて少し強引な感じじゃないのかい？」

「そこまで言ってない……！」

彼を色々罵倒《ばとう》しようとして気付いた。

今のジェラールは間抜け顔だ、思わず噴き出す。

私は笑いながらハンカチを取り出して、彼に顔をこちらに近づけるよう手招きした。彼の唇には私の口紅がべったりと付いているのだ。

「口紅を取ってあげるからちょっと顔を寄せなさい」

「……っ。格好悪い……。いきなり上手《うま》くはいかないなぁ」

「ジェラールには二、三年早いわよ。ほら、じっとしていなさい」

締まらないわねえと呆《あき》れつつ、彼の唇を拭《ぬぐ》う。

正直認めたくはなかったんだけれど、不思議と嫌悪感はそれほど抱かなかった。

□当日十七時

ジェラールにエスコートされて会場入りした私への反響は、とても大きいものだったわ。何せ大半の人達が、私はもうアルフォンソ様に見放されたと思い込んでいたんだもの。

しかも、お相手は第三王子殿下。騒がれないはずがない。

更に私が普段とは違った雰囲気に仕上がっているものだから、「アレがあのアレクサンドラ？」って感じの視線を浴びる。

声を潜《ひそ》めて話をする方々に微笑《ほほえ》みながら会釈《えしゃく》すると、身体をびくっとさせて視線を逸《そ》らすのだから面白い。

加えてがらっとイメチェンしたジェラールが、やはり多くのご令嬢方の話題をさらう。第三王子殿下がはにかみながら手を振ってみせると黄色い声があがる。勇気を出して挨拶《あいさつ》に来た令嬢への対応も優しくて丁寧。もっとも、社交辞令以上の褒《ほ》め方は決してしなかった。

「ごきげんよう、アレクサンドラ様」

「ごきげんよう、カロリーナ様」

「見させていただきますわ。貴女様《あなた》が何をなさるのかを」

「ええお楽しみに、と申したいところですが、果たして貴女様《あなた》を楽しませられるかどうかは分かりません」

歓談の最中《さなか》、カロリーナと挨拶《あいさつ》し合う。彼女からバルタサル様方がいらっしゃっていないこととテオドロ先生が欠席を表明したことを伝えられた。

本当なら彼女と引き続きこれまでの学園生活の思い出話を楽しみたかったのだけれど、本番もあるのでそこそこにしておく。

「アレク、サンドラ……？」

「ごきげん麗《うるわ》しゅうございます、王太子殿下」

——そして、私はとうとうアルフォンソ様方と相対した。

私とジェラールを目の当《まあ》たりにして間抜けな顔を曝《さら》すアルフォンソ様に、私はスカートを摘まんでお辞儀をする。優雅に、そして堂々と。

彼の傍《かたわ》らで芋女《いもおんな》が腕を絡ませていようが全く意に介さないと見せつけるようにね。

ジェラールも私に続いて兄に頭を垂れる。アルフォンソ様に向かって真正面に立ち、芋女《いもおんな》なんて眼中にないとでも言わんばかりね。

「兄様、この度はご卒業おめでとうございます」

「どうしてジェラールがここにいるんだ……？」

「兄様がアレクサンドラを迎えに行かなかったようでしたので、僭越《せんえつ》ながら私が代役を務めています」

「それにその変わり様はどうしたんだ一体？」

「アレクサンドラから、この方が好みだと聞きましたので」

え？　そんなこと言ってないし。

けれど、今のジェラールが異性を感じさせるのは事実なので、あえて否定しないでおく。

アルフォンソ様が、他の男と一緒にいる私に嫉妬《しっと》してくれたら嬉しかったのだけれど、さすがにそう都合良くはいかないか。

むしろアルフォンソ様は、ジェラールがどうして私なんかと一緒にいるのか理解不能みたいで、困惑しているご様子だ。

貴方様と違ってジェラールは一途なんですー。

で、当の芋女《いもおんな》は鳩《はと》が豆鉄砲食らったみたいに目を丸くしていましたよ。

確かに『どきエデ』では、ジェラールなんてネームドモブ同然のほんのチョイ役。素敵な殿方を揃《そろ》えた攻略対象者が霞《かす》むほど覚醒《かくせい》するなんてシーンはなかったものね。

それとも私の様変《さまが》わりが信じられないのかしら？　多分両方ね。

「ルシアさん、どうかなさいましたか？」

「……えっ⁉」

声を投げかけると、彼女は裏返った素《す》っ頓狂《とんきょう》な声をあげる。

アルフォンソ様と共に登場したヒロインに、嫉妬《しっと》と憎悪を燃え上がらせる悪役令嬢役を演じられなくて、ごめんなさいねー。

それとも『どきエデ』から外れたせいで思考を停止させちゃったかしら？

「い、いえ、何でもありません……」

「そう。折角《せっかく》こうして卒業生と在校生が交流する最後の場なんだもの。貴女《あなた》も私達の門出を祝ってちょうだい」

「……そうさせてもらいます」

ここで重要な点は「私を祝え」って上から目線で言ってみせること。

彼女が意表を突かれたまま、不完全燃焼でイベントが終わったら困るもの。彼女には断罪イベントって形で盛大に放火してもらわないと。

芋女《いもおんな》が逆ハーなんて無茶を正当化するにはそれしか道がないし、私だって次に進むにはそれを受けて立つしかない。

芋女《いもおんな》もアルフォンソ様も私の言葉が癪《しゃく》に障《さわ》ったらしく、気分を害して離れていった。

『どきエデ』だと声を張り上げて悪役令嬢が迫るのを、アルフォンソ様が厳しい口調で突き放す展開だったんだけれどね。アレだと私から逃げるみたいじゃないの。

「アレクサンドラ、大丈夫かい？」

二人の退散を見届けたジェラールが優しく言葉をかけてくる。初戦で芋女《いもおんな》を負かしたのは私のはずなのに、何故《なぜ》か手も肩も震えていた。

アルフォンソ様とは単に両家の定めに従った婚約関係でしかなかったのだけれど……。もしかしたら自己暗示をかけているうちに、それなりに本物の好意を抱いていた……のかもしれない。

「まさかアルフォンソ様の前でも私を名前で呼ぶだなんてね。大胆じゃない」

「だって、もうアルフォンソとアレクサンドラは何の関係もないからね。何も言われる筋合いはないよ」

「あら嫌だ。兄弟をいがみ合わせるなんて私ったら罪な女ね」

大丈夫、軽口を叩《たた》ける程度にはまだ余裕がある。これからが本番なのだから衝撃を受けてばかりじゃ、いられないわ。

開宴の時間になり、来賓の国王陛下と王妃様も到着される。まずは在校生代表としてパウラが挨《あい》拶《さつ》を始めた。

内容を手短にまとめると、卒業おめでとうございます、学園に残る私達は頑張ります、だ。

彼女とも付き合いがあったから雑談したかったのだけれど、それはまた別の機会ね。

そして、次に卒業生代表としてアルフォンソ様が姿をお見せになる。いち早く大人の仲間入りします、よろしくお願いしますどうのこうの、と話し始めた。それから学園での思い出話が始まって、芋女《いもおんな》と出会ったたって辺りを語る。さあ、にわかにきな臭くなりだした。

「――私、アルフォンソはもうすぐ卒業を迎えます。そんなこの場を借りて大罪を明らかにさせていただきます」

ついにアルフォンソ様は、『どきエデ』では全ルート共通の前置きを喋《しゃべ》った。

祝いの場に大罪だなんて物騒な単語が飛び出たものだから、会場内がどよめく。何人かがその後の流れを察したみたいで、自然と私の周りから人が離れていった。

アルフォンソ様がわずかに頷《うなず》くと芋女《いもおんな》達が彼の周りに集結していく。

私とアルフォンソ様を結ぶ直線上にはもう誰もいない。私達二人は向き合う形になる。

「アレクサンドラ！　度重なるお前の悪事には、もう愛想が尽きた！　王太子アルフォンソの名において、お前との婚約は破棄する！」

高らかにそう宣言なさった。

言ってやったとばかりに満足げな表情をなさるアルフォンソ様とは対照的に会場内は騒然。

無理もない。貴族間の婚約でも個人の自由とはいかないのに、王家と三大公爵家との間に取り交わされた婚約を身勝手な思いで反故《ほご》にしたのだから。

「アレクサンドラ様……どうか罪をお認めになってください。今なら慈悲《じひ》深《ぶか》いアルフォンソ様は笑って許してくださいます……！」

そんな意味不明なことを仰《おっしゃ》るのは、メインヒロインこと男爵令嬢ルシアだ。

彼女を庇《かば》うようにアルフォンソ様が真正面に、彼の周りに容姿《ようし》端麗《たんれい》な方々がずらりと並んでいた。

『どきエデ』の逆ハーレムルートで悪役令嬢の前に攻略対象者が勢ぞろいした様子は壮観と言っていい。逆ハー懐疑派なわたしでも思わずうなったくらいにね。孤立する悪役令嬢に対するいじめだろって意見を黙らせる程度の勢いもあったわ。

だけど、改めて『どきエデ』と比較しつつ現状を振り返ってみましょう。

各ルートでの悪事の実行犯ないしは共犯者たる、言わばサブ悪役は今回の断罪劇では出番がないらしく、この場に呼ばれてはいない。これは王太子殿下以外の攻略対象者が軒並《のきな》み体調不良で欠席しているせいでしょうね。

そのせいで対峙する悪役が王太子ルートと同じく私一人だけになったみたい。

そして私の傍《かたわ》らにいるのは、エスコート役のジェラール。まさかの端役からの大出世。

彼は小声で私に「大丈夫、僕が傍《そば》にいるから」と囁《ささや》いてくれた。婚約破棄を受けて立つと覚悟を決めたにも拘《かか》わらず緊張する私にとっては、とても頼もしい。

一方の逆ハーレム側。

アルフォンソ様以外の殿方は非攻略対象者、つまり代役ばかりじゃないの。確かに伯爵子息だったり特待生だったりでそれなりの人達なのだけれど、ロベルト様方と比べると格落ち感が否《いな》めない。

アレだ。わたしの世界で流行《はや》った某国民的ゲームで、パーティ加入イベントを飛ばして進めると、先のイベントでパーティにいないキャラに代わってモブが出てくるのを思い出した。

もともと王太子様ルートだと二人だけなんだから無理に人数揃《そろ》えなくたっていいのにね。

そこまで状況を把握できているため、この公爵令嬢アレクサンドラに対して何たる屈辱《くつじょく》をって感じに頭に血が上るのを何とか堪《こら》えられる。私は平静を装《よそお》いつつ二人を見据《みす》えた。

「はて、悪意？　罪？　何のことだか分かりませんわ」

「とぼけるな！　お前がこの一年間どれほどルシアを苦しめたかは全て調べが付いているんだ！」

「覚えがございません。差し支《つか》えがなければ読み上げてくださいませんか？」

「いいだろう。ここにいる皆にも聞いてもらいたい、アレクサンドラの犯した罪を！」

アルフォンソ様は懐《ふところ》から折り畳んだ紙を取り出して、大袈裟《おおげさ》な動作で広げてみせた。

へえ、『どきエデ』だとどうやって悪役令嬢の悪意を詳細に語っていくのか不思議だったけれど、ちゃんと台本があるんだ。

「まずお前は入学したてのルシアを――」

「入学したてで周りに知り合いもおらず心細かったルシアさんに酷《ひど》い言葉を浴びせた？　とんだ言いがかりですね。一言一句違《たが》わずに今この場で申し上げても構いませんが、彼女を侮辱《ぶじょく》する意図はございませんでした」

『どきエデ』内の悪役令嬢も現実の私も芋女《いもおんな》を散々にこき下ろしている。けれど取り巻きと呼ぶべきご令嬢方と異なり私自身は、芋女《いもおんな》に事実しか突き付けていない。それが辛辣《しんらつ》と言われたって、男爵令嬢が下で公爵令嬢が上なんだから、それ相応に接するわよ。所謂《いわゆる》、悪気はない悪意ってやつね。

「まだあるぞ。お前はルシアが仲良くした友達を――」

「交流を深めるために新入生をお茶会に招待するのは他の方もやっておいでです。たまたまルシアさんと打ち解けた子を誘ったとしても、その子が招待を受けるのは自由。結果的に彼女は孤立してしまいましたが、何も私ばかりの責任ではございません」

攻略対象者と仲良くする芋女《いもおんな》が気に入らなくて、彼女が仲良くする友達を懐柔するって手も使ったわ。でも、私は友達に芋女《いもおんな》と疎遠になれって命じてもいないしお願いしてもいない。ただそれとなく希望を独り言として口走っただけ。遠ざかったのは、お友達の意思よ。

芋女《いもおんな》の友達だけ招待して、本人を招待しないことが罪だというのならば、カロリーナやパウラだって罪を犯したことになる。彼女達も芋女《いもおんな》をお茶会に誘わなかったのだから。

やんごとなき方々と馴れ馴れしくする女を誰が誘うものかって貴族令嬢の総意が表れた結果でしょうよ。

「だがお前は他の令嬢に命じてルシアに陰湿ないじめを――」

「それは私の本意ではございません。何度も止めましたが、私では抑えになりませんでした。それと紛失や破損したルシアさんの私物はある程度、私が責任を持って弁償をさせていただいたはずです」

これは物は言い様ね。

お友達の取り込みと同じで、私はそれとなく希望を口にしただけ。私の派閥の貴族令嬢が私の意を汲《く》んで芋女《いもおんな》をいじめたのよ。彼女達も言っていたでしょう、嘆《なげ》き悲しむアレクサンドラの想いを代弁している、って。まあ無理に止めなかった私も私だけど。

それともアルフォンソ様がおかんむりなのは弁償の仕方かしら？

投げかける言葉も私にとって普通でも芋女《いもおんな》は嫌味だって受け取ったかもしれない。「ほら、受け取りなさい」って金貨を渡そうとしたら、不器用な彼女が受け取れなくて床にばらまかれたのは私も不本意だったし。

それからもアルフォンソ様が並べる罪状とやらに逐次《ちくじ》反論していく。

我ながら巧妙に芋女《いもおんな》を追い詰めておきながら、それを悪だと思っていませんでしたって、よく見せかけていたわ。

逆ハーレムメンバーほぼ全滅の状況だし意図的だって決定的証言も証拠も乏《とぼ》しいし、言い逃《のが》れたい放題だ。

「白々《しらじら》しい……っ。どうしても罪を認めないつもりか⁉」

「申し訳ございませんでしたルシア様。貴女《あなた》様がそれほど傷つかれていたとは考えも及ばなかったのです」

「えっ⁉」

加えて、謝ってやらなくもない。

あくまで私の反論は不可抗力だったと印象付けるだけで、罪、悪事そのものを否定するものではないけど。

『どきエデ』の悪役令嬢は、自分が正しいの一点張りでそこを見誤ったせいで、どつぼにはまったのよね。

素直に謝ったのがそんなに意外だったのか、芋女《いもおんな》は驚愕《きょうがく》の声をあげた。

ほら、お望み通りの謝罪なんだから受けなさいよ。慈悲深《じひぶか》い王太子殿下は許してくださるんでしょう？

勿論《もちろん》勢いだけの心のこもっていない謝罪なのは自覚している。

「い、いやっ。だがお前は暴漢を雇ってルシアを襲わせただろう！」

「嗚呼《ああ》、その件ですか」

王太子ルートで唯一私が直接為《な》した悪事がそれ。これが決定打になって私は婚約破棄と断罪という目に遭《あ》う。『どきエデ』アニメ版では、アルフォンソ様に訴えかけてヒロインに呪詛《じゅそ》を振り撒《ま》く悪役令嬢のシーンは、とても真に迫っていたわ。

「嫉妬《しっと》しました」

「……は？」

「ですから、嫉妬《しっと》してルシアさんを汚したくなりました」

さて私は、『どきエデ』の悪役令嬢と違って開き直らせてもらうとしよう。

□当日十七時

「嫉妬《しっと》、だと？　そんな身勝手な感情で、お前はルシアに心身共に一生残るかもしれない傷を負わせようとしたのか⁉」

「身勝手？　身勝手と仰《おっしゃ》いましたか？　そもそもの発端は、アルフォンソ様が婚約者である私を蔑《ないがし》ろにして、そこの芋女《いもおんな》に寄り添ったからではありませんか！　順序が逆になっております。真実を捻《ね》じ曲《ま》げないでくださいませ」

まさか愛しの王太子殿下は、私が彼女をいじめるせいで自分が守らねばと庇護欲《ひごよく》をかきたてられたって勘違いしているんじゃあないでしょうね？

右も左も分からないルシアに親切にするのは、学園を代表する立場だったのだからと百歩譲って大目に見てもいい。

けれど、婚約者がいる身で、馴れ馴れしい彼女に満更でもないって感じで喜ぶのは、如何《いかが》なものかと思うのですが？

「私も初めのうちは、婚約者がいらっしゃる殿方と迂闊《うかつ》に親交を深めない方が宜《よろ》しいと助言をしたのです。それを聞かずにバルタサル様やロベルト様をも節操なく誘惑したのは、ルシアさんではありませんか。あまりにも思慮が足らなすぎます」

「黙れ！　確かにルシアにも色々と至らなかった面があったのは認めよう。だからと言ってお前が犯した罪が消えるわけではない！」

「ですから認めているではありませんか。嫉妬《しっと》でやってしまった、と。アルフォンソ様方がお守りして未遂《みすい》に終わったのは残念でなりません。もしやり直せる機会があるとしたら、次はもっと腕の立つ者を雇うとしましょう」

「っ！　アレクサンドラぁ……！」

アルフォンソ様は今にも私の首を絞めてきそうなほど怒りを露《あら》わにした。

ええ、確かに芋女《いもおんな》を傷物にしようとしたのは、この私。

悪ではあるんでしょうけれど、それがどうしたの？　償《つぐな》うべき罪とは露《つゆ》ほども思わない。婚約者を奪う泥棒猫になったのは芋女《いもおんな》の方からだもの。

大体アルフォンソ様には一度物申したかったのよね。

私は嫉妬《しっと》にくるって芋女《いもおんな》憎し王太子様どうして振り向いてくれないのって感じに視野が狭くなっていた。だが、前世であるわたしの記憶と経験が別の考え方を与えてくれたのだ。

「――では殿下は私に何を望んでいらっしゃったのです？」

「何……？」

「王太子である限り、私やカロリーナ様といった三大公爵家の娘と子を生《な》さねばならないことは重々分かっていたはずです。にも拘《かか》わらず、アルフォンソ様は私にもっとルシアさんに優しくしろなどと世迷言《よまいごと》を仰《おっしゃ》るばかりでしたよね。まさかこの私が貴方様と男爵令嬢との恋路を認める慈悲《じひ》深《ぶか》い人間だとでも思っていたのですか？」

「いや、それは……」

「それに、私個人の貴方様への思いはさておき、殿下はルシアさんへの恋心に気付いた時点で私に真摯《しんし》に向き合うべきだったのではありませんか？　ルシアが好きになった、すまないが婚約はなかったことにしてくれ、と」

「そんなの認められるわけがないだろう！　王家と三大公爵家の取り決めだぞ！」

「ではルシアさんを側室として迎えればよろしいではありませんか。妃《きさき》にはルシアさんのお友達になった妹のビビアナなんていかがです？　心が狭い私と違って、寛大な心で本当の愛とやらを許容していたでしょう。私の憎悪でルシアさんを危険に曝《さら》したのは現状を放ったままにしたアルフォンソ様ではないでしょうか？」

「じ、自分の罪を棚に上げて俺に非があるとでも言うのか⁉」

はっ。少なくともバルタサル様は約束された王宮近衛兵《このえへい》への道を捨ててでも、ヒロインの剣になろうとしていたわよ。

ここまで問題を拗《こじ》れさせたのは、全部アルフォンソ様の決断が遅かったせいに他ならないわね。そう責任をなすりつけてやる。

「もう良い！　お前の戯言《ざれごと》は聞き飽きた！　この場はお前のような悪意の塊《かたまり》には相応《ふさわ》しくない！　早々に私の視界から消え失せろ！」

あら、怒らせすぎちゃったようね。王太子ルートでも、逆ハールートでももう少し冷静に私の罪に相応《ふさわ》しい罰を言い渡していたのに。揚げ足を取るなら消え失せろって言ってるけれど、会場から出ていけってだけ？　それとも金輪際《こんりんざい》アルフォンソ様の前に姿を見せるなって意味かしらね？

「何の権限があってのお言葉ですか？」

「何だと……？」

まあ、素直に従うつもりはこれっぽっちもありませんわ。

「ですから、何の権限があってのお言葉ですか？」

「何の権限だと？　それは勿論《もちろん》――」

「パウラ様、私はこの場に留《とど》まっていてはいけないのでしょうか？」

「いえ、アレクサンドラ様。在校生を代表して発言させていただきますと、卒業生であらせられる貴女様《あなた》は本日の主賓です。どうぞ引き続きお楽しみください」

「だそうです。主催者から歓迎されている以上、去る理由が見当たりませんわ」

莫迦《ばか》ね。アルフォンソ様がわたしの世界で言う生徒会長の立場にいたのは半年前まで。今はパウラが学園生徒会長であり、今宵《こよい》の宴《うたげ》の主催者でしょうよ。私の同級生にすぎないアルフォンソ様が出ていけだなんて、おかしくて笑ってしまうわ。

「パウラぁ！　どういうつもりだ!?」

「どういうつもりも何も、確かにアレクサンドラ様の悪意は許されるべきではありませんが、一定の反省は示されています。過度な罰は私刑の類《たぐい》と考えますが」

「ぐ……っ、ならこの私が、王太子としてアレクサンドラに命じるまでだ！」

そのお言葉に、静まり返っていた会場内が再び騒然となる。

公人として私に引導を渡すとなると、もう一個人の問題では済まされない。公爵家や王家の在り方にまで踏み込まざるを得ない大問題に発展するって分かって……いないんでしょうね。怒りのあまりに。

そもそも私が公爵令嬢としての権力で芋女《いもおんな》に悪意を振《ふ》り撒《ま》いたことに憤慨《ふんがい》していたはずなのに、当のアルフォンソ様が権力を振りかざしてどうするのよね。印籠《いんろう》を出せば悪人が平伏して終わる時代劇ではないのよ。

「私共貴族の家の者が忠誠を誓うのは、王国そのものと君主たる国王陛下方。いずれ王位を継ぐ方であろうとも、何の権限もない貴方様が公爵家の娘たるこの私に命じられると、本気でお思いですか？」

「……っ！　た、確かに王太子にそこまでの権限がないのは認める。だが罪深い元婚約者に立ち去れと言うぐらいはできよう」

「あぁ、そう言えばご報告が遅れておりました。貴方様は先ほど私に婚約破棄を言い渡しておられましたよね？」

「何だ？　今更撤回してほしいとでも言う気か？」

「既《すで》に今朝方国王陛下より婚約解消の許しを頂戴しております。アルフォンソ様のお手を煩《わずら》わせる必要もなく、もはや私と貴方様の間には何の関係もございません」

「「なっ……!?」」

芋女《いもおんな》とアルフォンソ様の驚愕《きょうがく》の声がハモった。

あらあら、大義名分を取り上げられて焦《あせ》っちゃっているの？　『どきエデ』から完全に外れた展開に芋女《いもおんな》は焦《あせ》りを露《あら》わにしているが、アルフォンソ様は逆に自分から身を退《しりぞ》いて潔《いさぎよ》いと勘違いしてご満悦《まんえつ》のご様子ね。

ご免なさいませ。持ち上げて落とす形になってしまうわ。

「ふん、どうやら少しは己《おのれ》を弁《わきま》えているようだな。お前は散々ルシアに迷惑をかけてきたが……」

「弁《わきま》える、ですか。成程。確かに私は弁《わきま》えてもよろしかったのですが、他ならぬ国王陛下がそれをお許しになりませんでした」

「……どういう意味だ？」

「私は依然未来の王妃である、だそうですよ」

「何だと!?」

ここまで暴露してようやくアルフォンソ様は、自分の置かれた境遇を悟《さと》ったらしい。そしてジェラールが私の傍《かたわ》らに寄り添ってくれる真の理由にも。

大方ジェラールは昔からよく私になついていたからその延長か、程度にしか思っていなかったんでしょうよ。

アルフォンソ様は腕をわなわなと震わせてジェラールを睨《にら》んだ。受けて立つジェラールは余裕どころか愚かな兄に勝ち誇るように口角を吊り上げる。

あら大変、私の可愛かった弟がこんなにも腹黒くなっちゃった。

「王妃様が仰《おっしゃ》っていましたよ。三大公爵家の令嬢を捨てて男爵令嬢と添《そ》い遂《と》げるのなら王太子の座を返上するぐらいの覚悟を示せと」

「そんな馬鹿な！　父上、アレクサンドラとジェラールの戯言《ざれごと》は……!?」

アルフォンソ殿下は来賓兼保護者としていらっしゃっていた国王陛下と王妃様の方へ慌《あわ》てて振り向いた。そんな愚息へ向ける両陛下の眼差《まなざ》しはとても冷たい。何も口にはされないけれど、その態度が全てを物語っていた。

信じられないと何やら独り言をつぶやく芋女《いもおんな》から、少しずつ取り巻き達が距離を置く。

どうやらアルフォンソ様より私の方が有利だと悟《さと》ったらしい。所詮モブ達、攻略対象者のように全てを敵に回してでもヒロインを守りたいって覚悟はないか。

「父上！　何故《なぜ》これほどか弱い娘を虐《しいた》げる女をお選びになるのですか!?」

「アルフォンソよりも数段賢いからです。説明されなければ分かりませんか？」

抗議するアルフォンソ様にきつい一言を仰《おっしゃ》ったのは王妃様だ。

王妃様は多少罪を犯した私よりも、慣例を崩そうとするアルフォンソの方が愚かだと判断なさったのか。朝食の時は私を励《はげ》ますためかもとも思ったけれど、本気だったんだ。

「何をそう慌《あわ》てふためくのです？　身分の差に囚《とら》われない真実の愛とやらに目覚めたのでしょう。廃嫡にするとまでは言っていませんよ」

「しかし母上！　何も私とルシアの子に王位を継がせるとまでは言いませんが、ルシアを妻として迎えたいとの想いの何がいけないのですか!?」

「……そこまで言うのなら、アルフォンソには皆を黙らせる快挙を成《な》し遂《と》げてもらいます」

あら、何だか流れが変な感じに……？

王妃様は国王陛下を軽く睨《にら》みながら肘《ひじ》で小突く。陛下は大袈裟《おおげさ》に咳払《せきばら》いをすると、厳格な顔をなさってアルフォンソ様を見据《みす》えた。

「アルフォンソ。国王として命じる。次の聖戦では総大将となり蛮族に奪われし土地を取り戻すのだ」

□当日十七時二十分

王国が領土を持つ半島の南方地域は未だ異種族の占領下にある。

はるかな昔に失われた土地を奪還する聖戦、それをレコンキスタと呼ぶ。第二王子であるグレゴリオ様が婿入《むこい》りする西方の王国と共に半島を取り戻すのが、王国の悲願。国が豊かになると好戦派の貴族達が聖戦をと声をあげるのはいつものことだ。

そんな命を賭《と》した戦場に王子を差し向ける。

それをどう考えるかは受け取り手次第でしょうね。

私なら死刑宣告だって解釈するし、紛争で功績をあげてきた武門の家は光栄だと捉《とら》えるでしょう。

正義感の強いアルフォンソ様はバルタサル様やロベルト様と一緒で、後者だった。

「では蛮族共を打ち滅ぼせば、私とルシアの婚約を認めてくださると?」

「認めよう。余の名において」

「出陣はいつ頃を予定されていますか?」

「既《すで》に準備は進めている。春先には王都より軍が出る」

光明が見えてきたアルフォンソ様は、笑みをこぼして芋女《いもおんな》を見やった。「何だ父上は結局私達の仲を認めてくださったじゃないか。考えすぎだったな」とばかりに安心したご様子だ。きっと何の戦略も頭の中になくて、ただ正義を成すとでも考えているのでしょう。

――そんな夢を見るアルフォンソ様に対し、芋女《いもおんな》は顔を青褪《あおざ》めさせて歯を震わせていた。

まるでこの世の終わりを見てきたかのような絶望に彩《いろど》られて。

「聖、戦……？　王太子様がヒロインとの婚約を賭けて……？」

多分周りに誰もいなかったら、私は声をあげて笑っていたでしょうね。

聖戦だなんて乙女ゲーに相応《ふさわ》しくない壮大な設定が語られるのは、エンディングだけだ。

例えば将軍嫡男エンドだとバルタサル様が多大な功績を挙げて英雄になられるし、宰相嫡男エンドだとロベルト様が聖戦による財政難の立て直しで名宰相となる。

問題なのはノーマル、ハッピー、トゥルーの三種類あるエンディングの他にバッドエンドの場合も聖戦が絡んでいたりするのよね。

悪役令嬢を論破できずに返り討ちに遭《あ》うとヒロインが追放、蛮族に捕らえられて殺されたり奴隷になったりする展開もあるし。

全ルートを攻略したファンへのご褒美みたいな逆ハールートの場合、断罪イベントは攻略対象者が集結して悪役令嬢を追い詰めるのもあって、ルートに入ってしまってからの難易度が全ルート中最低。むしろどれだけヘマすれば失敗するんだってほどゲームとして温《ぬる》い。

――その分、失敗した時のヒロインの破滅具合は他ルートより抜きん出ている。

「アルフォンソ様、どうかおやめになってください。わたしは貴方様が王太子でなくても構いません。わたしのためと思って聖戦には行かないでください」

「何を言っているんだルシア。これまでの聖戦も連戦連勝で蛮族共を追い詰めてきたじゃないか。あと何回かの聖戦で奴らをこの大陸から駆逐《くちく》できる。その一端を担《にな》えるんだから光栄じゃないか」

「いけません！　わたしには嫌な予感しかしません。どうか、どうかご再考を！」

「勿論《もちろん》バルタサルとロベルトも連れていくよ。あの二人の武力と知恵があれば百人力だ。蛮族など恐れる必要ないさ」

「ひ、ぃ……!?」

芋女《いもおんな》が必死な形相をしてアルフォンソ様に縋《すが》りつく。アルフォンソ様は心配しすぎだの大袈裟《おおげさ》だのと全く取り合わない。

残念ながらアルフォンソ様の頭の中ではもう大勝利の後の凱旋《がいせん》が思い描かれているみたいね。

芋女《いもおんな》が恐れているのは『どきエデ』最悪のバッドエンド、通称逆ハー失敗エンドだ。

それは逆ハー成功エンドと途中までは変わらない。王太子率《ひき》いる王国軍が聖戦に赴《おもむ》いて死闘を繰り広げるって内容。そんな王太子には寄り添うようにヒロインがいて、みんなの力になる。

逆ハー成功エンドだとヒロインは勝利の女神だと讃《たた》えられるようになるんだったっけ。

問題なのは、俺達の戦いはこれからだ！　って辺りでスタッフロールが流れるのよね。成功エンドは普通の、失敗エンドだと全スタッフのイニシャルが楽園追放を暗示する偽物にすり替わる。成功エンドだとその後に挙式、失敗エンドの場合は……

「そうだ、不安だったらルシアも一緒に行こう。私達の励《はげ》みになるし、君に私達の勇姿を見てもらいたいんだ。勇気あるルシアの姿を見ればきっと皆も私達を祝福してくれるさ」

「い、嫌よ！」

王太子達は聖戦中に死亡、王弟や先生は失意のあまり自殺など、攻略対象者は軒並《のきな》み悲惨な末路になる。そして肝心のヒロインは蛮族に捕らえられたあげく、奴隷として扱われてしまいましたとさ。

そんな最後を迎えたくない芋女《いもおんな》は、伸ばされてくるアルフォンソ様の手をはたいた。

やっぱり愛だのなんだの叫んでいても、結局は我が身が一番可愛いのかしらね？『どきエデ』と違って聖戦に勝利する展開もあり得るのに、彼女はもう蛮族のご機嫌をうかがって命を繋ぐ自分を想像しているらしい。

「絶対に嫌！　聖戦だなんて馬鹿じゃないの⁉　一人で勝手に行ってればいいじゃない！」

「ルシア……？」

おーっと、メインヒロインのルシア、ここでついに馬脚を現しましたー。涙目で叫ぶ芋女《いもおんな》の、なんてみっともないことでしょう。

おや、王太子殿下が愕然《がくぜん》としていらっしゃいますねー。一体どうしたのでしょう？

はっ、いくら表面上は純真無垢《じゅんしんむく》なヒロインを演じたって、性根はプレイヤーのままってことね。ヒロインだって悪役令嬢が見ていなかっただけで、実際は陰ながらたゆまぬ努力と計り知れない苦労を積み重ねてきているでしょうのに。

今までのヒロイン役、ご苦労様でした。

「アルフォンソ様。わたしが同行してしまっては足手まといにしかなりません。王都より皆様の勝利をお祈りしています」

それでも何とか芋女《いもおんな》は今までのヒロイン像に戻そうと深呼吸した後、深く頭を垂れた。

「ルシア！　どうして……！」

芋女《いもおんな》は不安だの、怖いだの、武器だってろくに持てないだの。もっともらしい言い訳を並べ立てていく。

アルフォンソ様は先ほどの本音は狼狽《ろうばい》したのだろうと都合良く解釈したらしく、段々と納得した素振りを見せ出した。

そこで私がふと視線を逸《そ》らしたのは偶然だ。茶番劇にうんざりしていたのもある。

王妃様が冷酷な眼差《まなざ》しを向けていたのでそちらを見てみると、芋女《いもおんな》に似た可愛らしい貴婦人がいらっしゃった。

彼女はすすり泣きながら王妃様へ静かに頷《うなず》く。

「残念ですよルシアさん。最後の機会を与えたと言うのに」

王妃様が手を上げた直後、会場の出入り口の扉が開き、完全武装した近衛兵《このえへい》が列を成してなだれ込んできた。

そして学園の生徒達をかき分けてこちら……いえ、芋女《いもおんな》へ向けて直進する。

あ、これ悪役令嬢が引っ張られていく展開に似ているなぁ、と思っていたら、芋女《いもおんな》が捕らえられた。

「何すんのよ!?　離して……！」

芋女《いもおんな》が抗議の声をあげながら振りほどこうと力を込めたって、鍛《きた》え抜かれた近衛兵《このえへい》の拘束はびくともしない。

乱暴にするものだから、芋女《いもおんな》のドレスが今にも引き裂かれそうなほど引っ張られている。

止めようとするアルフォンソ様の前にも別の近衛兵《このえへい》が立ちはだかった。

「母上！　これは一体どういうことですか!?」

「今日、男爵夫妻を呼び出して彼女について話し合いました。王太子や王弟殿下を始めとする数多《あまた》の殿方を虜《とりこ》にする女は危険だと判断します。聖戦に同行するほどの愛があれば再考しましたが、そうでないならもはや捨て置けません。彼女にはこれ以上男性に悪影響を与えないうちに修道院に入ってもらいます」

王妃様が口にされた名は悪役令嬢の末路の一つにも上げられる、王国で一、二を争う厳しい戒律が定められた修道院だ。

脱出は生涯不可能、神の妻となる娘に恋愛などご法度《はっと》。家族との面会すら年に一回認められれば寛大な方。事実上の追放、軟禁に近い。

誓ってもいいけれど、私は仕組んでいない。危機感を抱いた王妃様の独断でしょうね。

では先ほど泣いていた女性は芋女《いもおんな》の母親、男爵夫人か。芋女《いもおんな》が転生者でなければこんな惨《みじ》めな目に遭《あ》わずに済んだのに。同情いたします。

「修道院なんて嫌よ！　助けてアルフォンソ様ぁ！」

「ルシア！　ルシアぁぁ！」

「こんなの絶対に間違ってる！　あたしがヒロインなのにどうしてこうなるのよ！　ちゃんと攻略したはずなのに！」

意味不明な主張をなさるヒロイン様は、最後まで結末を認められずに近衛兵《このえへい》に連れていかれた。

両脇を固められたアルフォンソ様は為《な》す術《すべ》もなくただ彼女の後ろ姿を見つめる他なく、哀れにも二人の指に結ばれた赤い糸を断ち切るように扉が厳《おごそ》かに閉められる。

「ぷっ。ふふ、ふはっ、あっはははははっ！」

茫然《ぼうぜん》自失するアルフォンソ様にとうとう我慢できなくなった私は、高らかに笑った。会場内に響き渡るほどに。

友人も傍《そば》におらず、両親や兄弟からは捨てられ、愛する人も奪われ、何もかも失った哀れな私の元王子様。

「王太子殿下。これが貴方様の仰《おっしゃ》った真実の愛とやらですか。てっきり私は、火の中水の中だろうと愛する者のためなら飛び込むほど正気を失わせる感情だと思っておりましたわ」

「……黙れ」

「確かに私には、アルフォンソ様が望む愛はなかったのかもしれません。ですが私でしたら、貴方様と地獄の果てまでお供《とも》してもよろしかったのですよ」

「黙れ、と言っている……！」

「今までありがとうございました。そしてさようなら」

「アレク、サンドラぁぁ!!」

意識が一瞬飛んだ。

気が付いたら私の身体はテーブルの上に横たわっていた。

用意されていた豪華な料理が載せられた皿もワインボトルも引っくり返され、私をふんだんに彩《いろど》っている。

テーブルに叩《たた》き付けられたせいで身体を少し打ったらしく、痛みが走った。何をされたのかと顔を上げてみると、息を荒くしたアルフォンソ様と顔に手を当てるジェラールの姿が見える。

それで察した。

アルフォンソ様が怒りのあまりに私に殴り掛かり、ジェラールが庇《かば》ってくれたのだろう。けれど、勢いを殺しきれずにジェラールが私と激突。私はテーブルに倒れたのか。

「この魔女め！　私が聖戦で勝利した暁《あかつき》には必ずルシアを迎えに行き、お前を破滅させてやるぞ。楽しみにしておくのだな！」

アルフォンソ様は負け惜《お》しみを吐きつつ踵《きびす》を返して足早に会場を後にした。誰も元王太子様の後を追う者はいない。王様は頭痛がしたみたいに頭を軽く抱えるし、王妃様は私の方に駆け寄ってくる。

「アレクサンドラ！　ごめん、僕が庇《かば》いきれなかったばかりに……！」

「……三歳も離れているんだからしょうがないわよ。そう自分を責めないで」

悲痛な顔をするジェラールの手を取って立ち上がろうとするけれど、腰が抜けたのか力が入らないのか、その場に座り込んでしまった。その拍子にに付いていた肉料理が落ちて腰のサラダがこぼれ、顔にワインがしたたりかかる。

攻略対象者は軒並《のきな》み退場。王太子達は破滅が確定。ヒロインは修道院行き。

逆に私は成長して素敵になった王子様が傍《そば》にいるし、色々な人からも愛されている。

間違いなくこれは逆転劇だし、ざまぁみろヒロインと叫んだっていい。

なのに、私に込み上げてくるのは……

悲しみだけだ。

「う……あぁぁ……」

もう我慢できなかった。

体裁《ていさい》とか誇りとか、使命だってどうでもいい。

私はこれまでの全てを長年の婚約者に完全に否定されて、もう取り戻せないんだって現実を突き付けられて。ただただ泣き叫ぶしかない。

一度決壊した感情はどうやったって抑えようがなく、その場に吐き出されるしかない。

「あぁぁぁあああっ！！」

嗚呼《ああ》、やっぱりこんなにも辛《つら》い。人に嫌われるっていうのは。

■数か月後　サイド　ヒロイン

修道院へ送られた元男爵令嬢ルシアの朝は早い。

夜明け前には起床して神へ祈りを捧《ささ》げます。朝食をとり、また祈りを捧《ささ》げると今度は奉仕活動に努めるのです。この修道院での奉仕活動は聖書の写本作成や修道服の裁縫、自家栽培野菜の畑仕事など。

昼にも祈りを捧《ささ》げた後に昼食をとります。

午後も奉仕活動に努めて、日暮れ頃に祈りと黙祷《もくとう》。夕食をとり、寝る前にも祈りを捧《ささ》げるのです。

祈りの内容は各々《おのおの》の時刻で定められており、賛歌を歌うこともあれば聖書の朗読、ミサの執《と》り行《おこな》い等、様々な形を取ります。

ただひたすらに神の僕《しもべ》として送る日々。起伏なんてありません。

外界からほぼ隔離されたこの空間では、外で何があったかを知る術《すべ》はないのです。

山奥の修道院から眺める周りの景色は壮観だけれど、人影は見当たりません。顔を合わせるのは同じ院にいる修道女ばかり。

お手洗いや風呂は共同、個人の空間として割り振られたのは、ルシアの前世の知識で語るなら三畳間相当のみでした。寝具と勉強机を置けばそれだけで部屋が埋まります。持ち込めた私物などありはしないので聖書、折り畳まれた修道服や下着が隅に置かれるだけです。

愛を求め、愛に破れたルシアにとっては、あまりに過酷な環境でした。

「もう、嫌……。帰りたい……。どうしてこんな所にいるんだろう……？」

「それは一世一代の大博打《おおばくち》に敗れたからでしょう？」

早朝の祈りを捧《ささ》げている途中、ルシアは嘆《なげ》きを口にします。もはやそんな愚痴、日課と化しているのですが、状況が改善される気配はありません。

それでもルシアは男爵令嬢として歩んだ生活、そして学園で多くの殿方を侍《はべ》らせていた日々を思い返して寂しさを露《あら》わにします。

「だから欲張らずにたった一人の攻略対象者に注力すれば良かったのにさ。これ言うの何回目だったっけ？」

「だって、折角《せっかく》ヒロインになれたんだもの！　素敵な男性とお近づきになりたいって思うじゃない！」

「その考えがわたしには未だに理解できないんだけれど。女が複数の男にちやほやされたって建設的じゃないでしょう」

「愛は多ければ多いほど満たされるのよ！」

ルシアの戯言《ざれごと》を余所《よそ》にわたしは熱心に祈りを捧《ささ》げます。今日も一日を過ごせますことを感謝いたします、と。

ルシアにとっては早々に修道院生活に適応したわたしの態度は、考えられないことみたいです。

彼女は先輩修道女の厳しい教育があっても、未だに考えを改めていません。

何故《なぜ》ならルシアは信じているのです。

最後には白馬の王子様が迎えに来て、この地獄のような日々から救ってくれるんだ、と。

王太子アルフォンソはルシアに約束しました。聖戦で勝利した暁《あかつき》には必ずルシアを迎えに来て愛を誓い合う夫婦になるんだって。

「諦めた方がいいんじゃない？」

わたしはそんなルシアの甘い考えを踏《ふ》み躙《にじ》るように冷たい言葉を浴びせます。

「ルシアだって聞いたでしょうよ。王太子アルフォンソ達が起こした聖戦は惨敗に終わったって。バルタサルもロベルトも後遺症が残る怪我を負ったらしいし、アルフォンソも捕まったって。ルシアのところに戻ってくるなんて無理じゃないの？」

「嘘よ！　アルフォンソ様はきっとあたしを救い出してくれるわ！」

「ルシアが一番信じていないくせに。今の状況って王太子の攻略に失敗したエンディングと逆ハーレムルートを失敗したエンディングの混合じゃなかったっけ？」

「ゲームと現実は違うもん！　じゃなかったらあたしは今、こんな所にいないわよ！」

ルシアはただ現実が認められないだけなのです。

今自分が詰みに陥《おちい》っていようとも、攻略したはずの攻略対象者達が軒並《のきな》み破滅していようとも。

恋愛に華を咲かせていたヒロインは、今や悲劇のヒロイン気取りで決して叶わない希望に縋《すが》っています。

嗚呼《ああ》、やっぱり愛《いと》おしい。

こんなにも健《けな》げなルシアを今、わたしは独り占めしています。

「神様お願いします、どうかあたしをすぐにでもお救いください……！」

「救うって、どうして？　衣食住には困らないし退屈だってしのげるじゃないの。ルシアが一番望んだ愛だって神様から与えられている。ほら、充実して幸福じゃないか」

「あたしが望んだのはこんな生活じゃない！　もっと贅沢《ぜいたく》で、もっと愛に溢《あふ》れてなきゃ……！」

「やれやれ、わたしはルシアさえいれば満足なんだけれどね」

神への献身などそっちのけでいつもの会話をしているルシアでしたが、この日はとうとう我慢の限界に来たみたいです。今まで愚痴を発散する対象というだけだったわたしを、明確に意識して睨《にら》みつけてきました。

掴みかかろうとも思ったようですが、部屋の壁は薄く、暴れたらすぐにばれてしまうのでかろうじて踏みとどまります。

「アンタ、大体何なのよ!?　一体何様のつもり!?」

「何なのって、何？　わたし達はルシアが幼い頃からずっと一緒だったじゃないの」

「幼馴染《おさななじみ》だからってあたしの全部を知った気にならないで！　こんな所にまで付いてきちゃってさ、ストーカーか何かなの!?」

「すとーかーって単語が何を意味するかは大体察しがつくけれどさ、確かにそうかもしれない」

わたしはずっとルシアと一緒でした。

経済的に裕福ではない男爵家で、少しでも良い縁談が来るよう受けてきた教育が辛《つら》いとルシアが明かした相手はわたし。ここが『どきエデ』の世界だと打ち明けた相手もわたし。王太子達を攻略する際に相談に乗ったのもわたし。

ルシアにとってわたしは日常の一部で、わたしにとってもルシアは日常の一部。ルシアとわたしは切っても切り離せない関係なのです。

ただ、どうもルシアはあまりわたしを認識できていないみたいでした。

自分と同じ年齢で同じ背丈の人物ってくらいで、服装も顔も何故《なぜ》か話題に出してきません。もしかしてわたしの性別すら分かっていないのかもしれませんでした。

それでも今までは問題なかったのです。

わたしは確かにルシアの前に存在していて、時々不満のはけ口になれれば良かったのですから。

ルシアとしても『どきエデ』に登場していないキャラなのだから、どうせ取るに足らない者だとでも思っていたのかもしれません。

「ねえ……アンタ、本当に誰なの……？」

そんなルシアは、ようやくこのわたしと二人きりで閉ざされた環境にいることを意識してくれました。

アルフォンソ達に愛嬌《あいきょう》を振りまいていた愛くるしい瞳も愛を語っていた口も彼らを抱きしめていた身体も、今やわたしだけのものです。

先ほどまでの癇癪《かんしゃく》が鳴りを潜《ひそ》め、ルシアは恐れからの問いかけを口にしました。

酷《ひど》いね、まるでわたしがルシアを脅かす得体のしれない存在みたいじゃないですか。

——そう、それはわたしが初めてルシアと出会った時の言葉。

「酷《ひど》いよ。初めて出会った時にお互いに自己紹介したじゃないの」

「……っ！　だったらもう一度言ってみなさいよ」

「じゃあその前にさ、ルシアが誰なのかもう一度教えてよ」

「あ、あたしは男爵家の令嬢のルシア……」

「違うでしょう」

「えっ？」

ルシアが男爵令嬢ルシア？

半分正解で半分違う。

だってルシアも言っていたでしょう。自分は転生者だって。前世の知識と人格がそれまで男爵令嬢ルシアだった女の子の意識を塗り潰して乗っ取ったんだって。男爵令嬢ルシアと転生者が融合してヒロインに抜擢《ばってき》されました。

それがルシアです。

「だってルシアは自分がもとから男爵令嬢ルシアだったって認識しているのかい？」

「そ、それは……」

していません。

ルシアにとっては今の日々は前世の延長線上でしかないのです。

そしてその前世から繋がっているのは高熱を出して目覚めた後からです。それ以前の記憶は、ルシアにとって記録でしかなく、赤の他人の足跡でしかありませんもの。

「ヒロインはプレイヤーの選択次第で何にだってなれる。母親でも、妹でも、女王でも、聖女でも、魔女でも。攻略対象者が望む通りにね。そうルシアは言っていたよね？」

「それが、どうしたのよ……？」

「だからわたしはルシアの希望のままに片時も離れずに力になる幼馴染《おさななじみ》になったんだ」

「……えっ？」

さあ、思い出してください。

わたしが現れたのは何時《いつ》？　高熱から回復した後だったでしょう？

それにわたしはルシアの前にしか姿を現しませんでしたよね。アルフォンソ達はわたしを認識していましたっけ？

わたしはずっとルシアに付き従って、窘《たしな》めて、励《はげ》まし、支えた。

そう、だってわたし——

「嘘よ……」

「わたしは欲しかったんだ。わたしじゃない『あたし』を。わたしなんかよりずっと素晴らしいことを知っていて、ずっと素敵な夢を叶えようとしていた、ルシアを」

「嘘よ、嘘よ嘘よ嘘よ！」

「邪魔だったアルフォンソ達も消えてくれた。わたしにはルシアだけ。ルシアにはわたしだけ。ほら、どうしてこんな幸せな今を変えようと思うの？」

ルシアはようやく目の前のわたしが誰なのか、はっきりと分かりました。分かってしまった。分かってくれた。

自分と同じ顔、同じ体躯《たいく》、同じ声。

そして王太子とルシアの子を宿して大きく膨《ふく》らんだお腹《なか》。

「わたしが『あたし』の言う本当のヒロインなんだから――」

わたしは、あたしだ――！

「嫌あああぁぁっっ！！」

ルシアは絶叫しました。

自分の全てを否定されて、希望を失って、もう取り返しがつかないと悟《さと》って。

そんなルシアを余所《よそ》にわたしはくっくと笑うと立ち上がって扉に向かいます。ちょうどその時、扉がノックされたので、わたしは返事をしてから扉を開きました。

廊下にいたのは初老の修道女。彼女はわたしと部屋の中を一瞥《いちべつ》し、寝具が折り畳まれていること、身だしなみを確認します。そして満足げに微笑《ほほえ》むと、軽く会釈《えしゃく》しました。わたしもまたほぼ同時に頭を下げます。

「おはようございます」

「おはようございます、ルシアさん。朝のお祈りは済ませましたか？」

「はい」

「結構。では朝食を作りに向かいましょう」

「分かりました」

初老の修道女は隣の部屋に向かい、同じように戸を叩《たた》きます。そんな日常の光景を視界の端《はし》に映しながら、わたしは誰もいない自分の部屋の扉を閉めました。


わたしはルシアであってルシアではない。

何故《なぜ》なら、わたしは高熱を出した時に、身体の主導権を転生者だったルシアに取られてしまったから。

わたしが自由を取り戻せるのはあたしが意識を手放している間、例えば睡眠中くらいでした。

その状況でどうすればアルフォンソ達から引き離せるかと考えたわたしは、『どきエデ』の登場人物に影響を及ぼす者に手紙をしたためたのです。

最もわたしの忠告に影響を受けたのは第三王子ジェラールだったみたいですね。

けれど、まさかあそこまで様変《さまが》わりするとは思いませんでした。それと王妃もわたしの忠告が効いたのか、アルフォンソとルシアへの見切りが早かったっけ。

まあ、過程はどうでもいいでしょう。

肝心なのは『どきエデ』が終わって今度はわたしが男爵令嬢ルシアとしての主導権を取り戻し、ルシアにはわたししかいなくなったって点です。

わたしが寝ている間に逃げようとしてもこの環境ではね。

自分に許された唯一の個人の空間、ルシアと出会える場所。
わたしは微笑《ほほえ》みながら愛《いと》おしそうに扉を優しくなでます。
「また今夜ね、ルシア」
わたし、本当のルシアの一日はこうして始まるのです。
わたしは今の生活に大変満足しています。
だってわたしが一番愛する人、ルシアを攻略したのだから――

□数年後

あれから三年もの年月が流れた。

三年って短いようで長い。

私どころかジェラールが学園を卒業してしまうんだもの。

アルフォンソ様は学園を卒業された直後に王国軍を率《ひき》いて南進していった。そして蛮族の手に落ちている土地を奪還する聖戦に挑んだの。死闘を繰り広げて……惨敗したわ。

帰還できた兵士は全軍の数割ほど。

ロベルト様とバルタサル様は負傷兵として帰還したんだっけ。もう剣を振るえないほどの大怪我を負ったらしくて今でも静養中。ただ執務は行えるそうだから、別の道での再起はできるかもね。

そして王太子アルフォンソ様は撤退する王国軍のしんがりを務めて、最後には敵軍に捕らえられたそうね。

蛮族共は卑劣にも彼を人質に王国へ無茶苦茶な要求をしてきた。けれど、婚約破棄騒動の一件で嫡男に見切りをつけていた国王陛下は無慈悲にも要求を撥《は》ね除《の》けたのよ。好きにしろとの発言は、息子に引導を渡すみたいだったって後から聞いた。

たださすがはアルフォンソ様、機転を利かせてそれなりの情報と交換に凄惨《せいさん》な拷問は回避したみたい。

もう用済みだと解放された彼は衰弱していたものの、致命的な外傷はなかったそうよ。

とは言え、惨敗して多くの国民の命を失わせたあげくに軍事機密を相手側に伝えたアルフォンソ様が許されるはずもなく。戦争責任を取る形で一時的に幽閉されていた。

そんな敗戦の犠牲になった者達の無念を晴らすべく、先日また新たな聖戦が行われたわ。

将校や兵士達誰もが弔《とむら》い合戦だってとてつもなく闘志を滾《たぎ》らせた結果、連戦連勝だそうよ。もう蛮族共は半島の端《はし》まで追いやられて風前の灯火なんですって。

自ら陣頭指揮を取っているのは、なんとジェラールなのよ。

初陣《ういじん》で亡き魂《たましい》にこの勝利を捧《ささ》げるって高らかに勝鬨《かちどき》をあげた瞬間は、誰もが歓喜を轟《とどろ》かせたんですって。

一方、聖戦の犠牲になった元王太子殿下の評判は、すこぶる悪い。

原因は敗戦の他に、アルフォンソ様が戦場に向かった少し後から王都に出回った官能小説にある。

登場人物の一人である、不貞を働く王子様があの人を暗示しているんじゃないかって噂《うわさ》されているのだ。全てを見透《みす》かす魔性の令嬢の甘い囁《ささや》きと身体を使った色仕掛けで骨抜きにされた王子様の描写は凄《すご》く格好悪かったわね。恋を育《はぐく》む過程とか初夜とかの描写が実に生々しくて、アルフォンソ様の評判を奈落の底まで蹴落とす結果になった。

「破滅させた方に追い打ちをかけますか。お嬢様は恐ろしい方ですね」

「酷《ひど》い言いがかりを聞いた気がするのだけれど？」

セナイダは本を数頁《ページ》読んだだけで真っ先に主人である私を疑ってきたわ。解《げ》せない。

みんなして公爵令嬢アレクサンドラがふられた腹いせに書かせたとか、実《まこと》しやかに囁《ささや》いているんですけれど、作者は不明だからね。

私が否定しているのに、ビビアナやカロリーナ様はおろか王妃様まで「そうね」と公然の秘密みたいに扱ってくるのには、まいるわ。

「ちなみにお嬢様。イシドロ様に依頼して調査させた元王太子殿下と男爵令嬢ルシアの夜の営《いとな》みについてですが、結局交流会では暴露なさりませんでしたね」

「切り札のまま終わっちゃったわね」

「使わずじまいだった報告書はどちらに？」

「汚《けが》らわしい文字の羅列《られつ》なんて見たくもなかったから、イシドロに二束三文で売り払ったわよ。あんな紙束でも、工夫すれば再利用できるでしょうし」

例の官能小説がイシドロの商会から出版されているですって？　噂話《うわさばなし》から巧《たく》みに想像を膨《ふく》らませた小説家がいるんでしょう。むしろ著者は、悪役令嬢の悪意で書かれたって言われて腹を立てていないかしらねー。

他の攻略対象者達も、それなりのその後を迎えているわ。

母親（？）を失ったテオドロ先生は今も学園で教鞭《きょうべん》を振るっている。ただ昔みたいに空虚な毎日を送っているようね。むしろ一度満たされた心が再び空虚になったせいで、前にも増して人間味がなくなった気もするけれど。

商人子息マリオは、卒業の後そう間をおかずに父親である大商人ドミンゴの商会の大々的な不正と闇系の仕事が暴露されたせいで、一気に信用を失った。さすがに攻略対象者だけあって没落はしても破産はかろうじて踏みとどまって、今は立て直しに血眼《ちまなこ》になって働いているみたいよ。

執事ヘラルドは私が解雇してから路頭に迷ったらしい。あてにしていた友人達が軒並《のきな》み悲惨な目に遭《あ》っていて彼を助けるどころじゃあなかったもの。ま、今はどこぞの町人に奉公してるって聞いているし、わりと元気にやっているんじゃない？

フェリペ王弟殿下はレティシア様を襲った責任を取った。アレが引き金になったらしく夜の営《いとな》みは若者には負けないとばかりに頻度が高くて激しいんだとか。

……大商人イシドロから、王弟夫妻がそちら系の薬を愛用しているって報告が来るんですけれど。少し自重してください。

暗殺者エリアスは私の殺害未遂《みすい》の他にもこれまで積み重ねた罪の裁きを受け、最終的に処刑された。芋女《いもおんな》のおかげで人としての心を取り戻し半端に生への執着を持ってしまった彼は、最後まで死にたくないと泣き叫んでいたんだとか。

そして肝心の幽閉されていたアルフォンソ様は、つい先日平定した旧蛮族の土地に封ぜられて新たな公爵になった。次の代は辺境伯になるんだとか。

それを命ぜられた時に、混乱が落ち着いたらルシアを迎えに行くんだと意気込んでいたのを覚えている。

「――男爵令嬢に懸想《けそう》してお嬢様を侮辱《ぶじょく》した輩《やから》の末路はいかがでしたか？」

「ざまぁみろって達成感もあるし、やってやったって充実感もあるけれど……あっそう、ってどうでもいいって気分が強いわね」

攻略対象者が没落、破滅していく報告は逐一《ちくいち》受けていたけれど、途中から彼らについて思考を割《さ》く行為自体が無駄に思えてきたわ。

だって学園を無事卒業した私にとって『どきエデ』の話はもう過去の出来事。後ろより前を見ていた方が楽しいもの。

さようなら、攻略対象者達。

私は乙女ゲームでは語られない未来を歩んでいくわ。

さて、そんな当の私はと言うと……

「――どうしてこうなったの……」

「なるべくしてなった、としか言えないと思うよ」

今、無垢《むく》を表す純白のウェディングドレスを着てベールで顔を隠していた。片手にブーケを、もう片腕は隣の男性と組んでいる。

更に言うと、歩んでいるのはわたしの記憶から引っ張り出した知識によれば、ヴァージンロードだった気がする。

そして、王宮の一角にある教会内の来客達から祝福の声をかけられていた。

要約すると「結婚おめでとう」に尽きる。

そんな私に合わせて厳《おごそ》かに歩むのはハイヒールを履いた私よりも頭一つ分は大きくなった王国第三王子のジェラールだ。

嗚呼《ああ》、どうして私はジェラールとの挙式を迎えているのかしら？

「こんな将来像なんて私にはなかったわよ。本当だったら今頃アルフォンソ様と仲睦《なかむつ》まじい家庭を築き上げていて、ジェラールには『最近愛しの旦那様が構ってくれないの』って贅沢《ぜいたく》な悩みを打ち明けたりしてさ」

「アルフォンソは想像の中でもアレクサンドラを寂しがらせているのか。僕だったら何年経ったって愛し続けるけれどね」

「……その愛に溺《おぼ》れさせられた私の身にもなってみなさいよ。このけだもの」

「いいじゃないか。披露宴が終わったらまた存分に愛し合おうよ」

私はうんざりしながら、最前列でこちらに温かい視線を送ってくる王妃様の方を眺めた。

王妃様が抱えているのは白く柔らかな布に包まれた珠《たま》のような赤子。つい最近私が生んだ第二子のレオンは、祖母の腕の中で眠っている。

そして王妃様のスカートを摘まんでいるのは、二歳になった第一子のアルベルト。息子はまだ私達が今何をしているかは分かっていないみたいね。いつもと違う雰囲気だから不思議そうな顔をしている。

可愛い。今すぐ抱き締めたくてうずうずする。

……ええそうよ。私にはもう二人も子供がいるのよ。しかも長男は二歳。

「もう三人目作るの？　少し休ませてよ」

「僕の理性を奪っちゃうぐらい可愛いアレクサンドラが悪いんだよ」

「……次はダリアに妹をあげたいわね」

「それもいいかもしれないね。女の子のお姉ちゃんになりたいだろうし」

私は王妃様の傍でこちらを眺めるもう一人の子供、ダリアを見つめた。彼女は何を隠そう、あの芋女《いもおんな》とアルフォンソ様の子だ。

修道院で子育てが許されるはずもないので、ダリアは私の養子にした。

王妃様には反対されたけれど子に罪はないものね。アルベルトより少し早く生まれたので息子達のお姉ちゃんとして私が育てている。

一応アルフォンソ様には、今日の招待状を送っていた。

もし彼が私とジェラールを祝福してくれたなら、真実を打ち明けようと思っている。このまま私の子としてお嫁さんに出してあげたいって気もするけれど、やはり子は実の親の愛を受けるべきよね。

「そう言えばアルフォンソが送った婚約指輪ってどうしたの？」

「まだ取ってあるわよ。アルフォンソ様にお返ししようか博物館に寄贈しようか迷い中」

「捨てればいいのに」

「あら、代わりのを今からくださるの？」

ジェラールは私の左手薬指に結婚指輪をはめてくれた。

鉄……じゃなくてコレまさかプラチナリング？

よく見ると愛は永遠に貴女《あなた》と共にって感じの文章が彫ってある。ジェラールの愛が片時も私と離れず、ねぇ。

そして神への契約。

所謂《いわゆる》いつ如何《いか》なる時も愛し敬《うやま》い慈《いつく》しむことを誓いますか？　ってやつ。

当然ジェラールは死が二人を分かつまで妻となる私を愛すると誓った。

何よ、たとえ私が死んだって私を愛し続けるくらいに言ってみなさいよね。

さて、では今の私はジェラールを愛しているのかしら？

少なくとも子を生《な》すぐらいには心も身体も許している。二人でいる時間は楽しいし、私達の子供は宝物だし、彼を可愛いとも格好いいとも思う。

一方でアルフォンソ様に抱いていたような妄信的な想いはない。

「はい、誓います」

それでも、一生添《そ》い遂《と》げられると言い切れるわ。

「へえ、誓ってくれるんだ。なら僕を愛しているって直接言ってよ」

「愛に自信があるなら言わせてみせなさいよ」

「頑固だねえ。ま、そんなアレクサンドラだから大好きなんだけれどさ」

「あら、好きだとは何度も言ってあげているじゃないの」

「えー、それって家族として好きだって意味でしょう？　僕は男として見てほしいんだけれど」

「ふてくされないの、私の旦那様」

誓いの口付けを交わす。唇が触れ合う軽いものだったので今度はジェラールに口紅が移らずに済んだ。

その件でからかうと、ジェラールが面白いほどに落ち込む。

あら、初めてのキスが濃厚だったから甘美な思い出になっているかと思ったら、格好悪さの印象が勝っていたのね。

祝福の声が湧く。

私とジェラールの二人が歩んでいくこれからへの。

もう『どきエデ』なんて関係ない未知の世界が待っている。

さようなら、悪役令嬢だった私。

「ジェラールとはこれからずっと一緒だもの。せいぜい頑張って私を攻略するのね」

「ああ、そうさせてもらうよ」

私が笑いかけるとジェラールも笑ってくれた。

さあ、私達の、公爵令嬢ルート改め王太子妃ルートはこれからよ。

この作品に対する皆様のご意見・ご感想をお待ちしております。
おハガキ・お手紙は以下の宛先にお送りください。

【宛先】
〒150-6008 東京都渋谷区恵比寿4-20-3 恵比寿ｶﾞｰﾃﾞﾝﾌﾟﾚｲｽﾀﾜｰ8F
（株）アルファポリス　書籍感想係

メールフォームでのご意見・ご感想は右のＱＲコードから、
あるいは以下のワードで検索をかけてください。

アルファポリス　書籍の感想　検索

ご感想はこちらから

本書は、「アルファポリス」（https://www.alphapolis.co.jp/）に掲載されていたものを、
改題、改稿、加筆のうえ、書籍化したものです。

残《のこ》り一日《いちにち》で破滅《はめつ》フラグ全部《ぜんぶ》へし折《お》ります
～ざまぁ RTA《リアルタイムアタック》 記録 24Hr.《アワー》 ～

福留しゅん（ふくとめしゅん）

2020年 9月 5日初版発行

編集－黒倉あゆ子
編集長－太田鉄平
発行者－梶本雄介
発行所－株式会社アルファポリス
〒150-6008 東京都渋谷区恵比寿4-20-3 恵比寿ｶﾞｰﾃﾞﾝﾌﾟﾚｲｽﾀﾜｰ8F
TEL 03-6277-1601（営業） 03-6277-1602（編集）
URL https://www.alphapolis.co.jp/
発売元－株式会社星雲社（共同出版社・流通責任出版社）
〒112-0005 東京都文京区水道1-3-30
TEL 03-3868-3275
装丁・本文イラスト－天城望
装丁デザイン－AFTERGLOW
（レーベルフォーマットデザイン―ansyyqdesign）
印刷－株式会社暁印刷

価格はカバーに表示されてあります。
落丁乱丁の場合はアルファポリスまでご連絡ください。
送料は小社負担でお取り替えします。

ISBN978-4-434-27638-5 C0093